———— 每本书都是一座传送门

次元书馆

孤岛惊魂：赦免

[美] 厄班·韦特 著

张翰 译

新 星 出 版 社　NEW STAR PRESS

献给所有帮助本书出版的粉丝

楔 子

收割的时候,就是世界的末了。收割的人,就是天使。

——《圣经·马太福音》13:39

警长进屋坐在了椅子上。他摘掉帽子，把腿跷在桌子上，看着对面的玛丽·梅。

"这是怎么回事？"警长问道。

"你知道这是怎么回事。"玛丽·梅说，"我只是想知道你想怎么办。"

警长摸了摸帽檐，从上面摘下了什么东西，弹到了一边。他曾经是一名骑牛手，玛丽·梅记得小时候自己就见过他。爸爸妈妈曾带她和弟弟德鲁去看过这个人骑牛。当时他很瘦，很年轻。玛丽就站在栏杆边，看着他从大门出来，骑着牛来到了场地中央。牛不断踢起一片片尘土，他在牛背上被不断地甩动，仿佛快要坚持不下去了，场边的人们对着他大吼着鼓劲，要他坚持住。那一刻，他似乎无所畏惧，仿佛一位英雄，但现在他已经不是原来的那个样子了。

他把帽子扔在桌子上，把腿放了下来，直视着她的眼睛，说道："妈的，玛丽，你知道，我不能插手这件事。这只是一场意外，仅此而已。况且就算不是意外，我也对这件该死的事没有任何办法。"

"意外？爸爸去那里找德鲁。他开了四十多年卡车，包括他自己的和公司的，从来都没在车上留下过一丝刮痕。他现在出事了，而你管这叫意外？"

"请节哀，但我什么都做不了。"

玛丽坐在那里看着警长。她看到他眼中真诚的同情，突然一股悲伤涌了上来，因为她知道，他所说的是事实。"你认为他们能把你推得开？你认为他们会把你推得太远，一直推下悬崖？"

"你在说什么啊！"

玛丽笑了。她把整间办公室都扫视了一圈，然后把目光拉回到办公桌上，警长的帽子就放在他们之间的那块木头上。秋天她就要满三十岁了,一夜之间,她几乎失去了她在意的所有东西,剩下的只有酒吧和她心中滋长的愤怒。

"德鲁还在那里。"她说,"我打算接他回来,至少告诉他,爸爸已经死了。我要说的就是这些。"她一推桌子,站了起来。她穿着一件T恤、一条牛仔裤,及肩的棕发绑在身后,她能感觉到血液在颈部的血管里危险地搏动着,但她无法控制。

"我去过那里一次。"警长的声音让玛丽停下了脚步,她的手还在金属门把手上。上方的玻璃上刻着字,玛丽看到他透过玻璃正注视着自己。"他们邀请了我,问我是否要参加他们的活动。"

玛丽转过身来。

他走了几步,绕到办公桌前。"我们有末日预备者,有末日疯子,有很多人住在山上的棚屋里。有的地方没有电,没有水。奶奶和曾孙子、曾孙女睡在一张上下床上,他们的父母还在继续生孩子。我们有枪迷,有掩体和大院。我们有自由思想家、无政府主义者、虚无主义者、民主主义者……还有谁知道什么主义者。但我告诉你,我在伊甸园之门看到的那些东西,他们的信念,他们给'圣父'这个词赋予的该死的力量,是有传染性的,而且已经钻进了我的皮肤。他们都是信徒,你知道吗?每个人都是。对他们来说,这不是一件坏事,也不会让他们质疑自己的信仰,但我告诉你,这让我感到害怕,让我比迄今所见过的任何事情都要怕,而我对此没有办法。因为那完全合法。"

"你在练习这段演讲?"玛丽·梅问道。

"我每天晚上睡觉前都会这么对自己说。"

她转过身推开了门。"他是我的弟弟,我只剩下他了。"说完,便走了出去。

　　　　　＊　＊　＊

　　玛丽·梅开车走到半山腰,看到教会白色的卡车出现在她的后视镜里。那辆车跟着她走了八千米。每经过路上的一处弯道,她都会睁大眼睛,看着远处的树和消失在道路尽头的柏油,但卡车从未消失。它总是会在转弯处再次出现,跟在后面,就仿佛她那辆红色福特皮卡和教会的白皮卡用绳子系在了一起,前面这辆拖着后面那辆。

　　她又开了一千米左右,然后在路边停下来,她关掉了发动机,拿起了父亲的旧镀铬点38,放在了面前的仪表台上。如果此时能给谁打电话,她会立刻就打,但是在希望郡,她并不知道该打给谁,这里也没有信号,因此她等着白卡车在最后一个弯道上刹车。

　　卡车轧过了她身后的石子,她这才认出坐在驾驶室里的那个人——约翰·席德。玛丽差不多认识他有半辈子了,曾经她认为约翰只是这个世界上无关紧要的某一个人,但现在她不这么想了。在玛丽看来,对所有哪怕只是碰巧挡了他路的人来说,约翰都是一个非常危险的存在。约翰和他的兄弟们运营着伊甸之门,如果说有人知道她父亲发生了什么,或者她要去哪里找自己的弟弟,那这个人只能是约翰·席德了。

　　约翰推开车门,站在了路边。他比玛丽大十岁,身高接近一米八二,一头棕色的头发,胡子盖住了下半张脸。玛丽在后视镜里看到约翰盯着自己看了一眼,然后他回到卡车里面,从驾驶室里拿出某样东西。玛丽·梅觉得可能是一把枪,但她无法确定。约翰撩起后面的衬衫,把那东西藏了起来。他向玛丽走过来的时候,玛丽把车窗打开了一条缝。

　　"害怕了?"约翰问。

　　她看着他反问道:"我应该害怕吗?"

约翰在原地站了几秒钟，他伸出一只手，将手指伸过窗子，指尖伸进了驾驶室内。"你有持枪许可证吗？"他冲着仪表台上的枪一点头，指尖在窗缝那里晃动了一下，然后把手收了回去。

她把目光落到了枪上，然后又看向约翰。他已经退后了一步，现在站的地方离卡车有一小段距离，仿佛是在暗示玛丽不该使用那东西。"这是爸爸的。"她说。

玛丽一直注视着他，他似乎在考虑要怎么进行回应。她听到约翰说"我听说了，节哀吧"，这让她觉得他仿佛还是人类。

"出事的时候，他来这里找德鲁。"

"是这样吗？"

"现在我来找德鲁，带他回家。"

"我听说了。"

"是吗？"

"当然，"约翰说道，"我听说了各种各样的事情。我听说你仍然在酗酒，我们都想劝你不要这样了。这只是我听说的其中一件事情。"

玛丽像看傻子似的看着他，但她非常清楚对方并不蠢。"你觉得如果没有酒，我怎么才能开酒吧？"

"我不知道。"

他的话里没带什么感情，但玛丽知道他就是这个意思。"你知道我弟弟在哪里吗？"

"我知道他在哪里，他和我们在一起。"

"他知道爸爸的事吗？"

"他知道。"

"你会让他从山上下来吗？"

"他什么时候都可以从山上下来。我又不是负责他的看守。"

"真的是这样吗？"

"我能跟你说的只有这么多。"

玛丽把手放在钥匙上，她打着了车，然后双手放在方向盘上。镀铬的点38仍然在仪表台上，随着发动机而振动。

"你要去哪里？"

"我要去找我的弟弟。"玛丽说。

"你真是个聪明的女孩。"

玛丽讨厌他这样说，就好像他知道很多事情。

他上前一小步，她抬起一只手，并望向了那把枪。

"没有必要这样，"他说，"在发生无法挽回的事情之前，你为什么不转身下山呢？"

玛丽没有回答，而是开车走了，把约翰留在了那里。在后视镜中，玛丽看到约翰把他放在衬衫下面的东西拿到了面前——那是一台对讲机。他可以用对讲机告诉别人她的踪迹，那对她来说不是什么好事。

走了将近两千米，她把点38放下，放在大腿下面压着，这样枪在她继续往山上开的时候不会滑下去。每次转弯，她都会看看后视镜，隐隐有些希望看到约翰仍然跟着她。

转过下一个弯道，她看到两辆教会的卡车正等在交叉路口处。四名男子站在那里，他们每个人都带着什么东西，从这个距离上看，她猜可能是步枪，甚至机枪。她停下了卡车，从大腿下面拿起枪，打开弹仓看着里面的子弹。玛丽有些想转身离去，但她知道自己不会，现在放弃就是放弃她的弟弟，放弃他对自己的所有意义——也就是她的家，她的父亲曾经那么努力奋斗想要保护的这个家。

她挂上倒挡，胳膊搭在椅背后面，然后猛踩油门踏板。卡车的轮胎开始旋转，她一边在路上后退，一边想起了她见过的一条上山的碎石伐木道。走到碎石路前的转弯处,她看到约翰的车正沿着山路上来。

有那么一瞬间,玛丽想起了父亲,想起了当初发现他尸体的时候,他正趴在方向盘上,挡风玻璃碎了,大卡车弯曲地挤在了一起。没有目击者,也没有什么明显证据能够说明他身上究竟发生了什么,他就这么不明不白地死了。父亲出门的原因跟她一样,想带她的弟弟回来。她想起了约翰的话,那话的内容和意思,让她几乎可以认定,她的父亲并非死于意外。

车子驶过约翰身边的时候,玛丽·梅并没有放慢车速,刚一看到那条碎石路,她就重重踩下油门,猛地把车轮往左一打,发动机嗡嗡响着,车子驶下了大路。她现在正倒退着上山,轮胎辗在碎石上,石子敲打着轮子。她转过头,透过前挡风玻璃,看到约翰正穿过轮胎扬起的尘土。

大路上,另外两辆教会卡车也掉转过来,沿着伐木道跟上了约翰。

开车的玛丽·梅将一切尽收眼底,她一直在倒退,引擎轰鸣着,速度表上的读数是每小时六十五千米。狭窄的道路上,没有地方可以转弯,所以她一直把脚放在踏板上,胳膊夹着椅背,眼睛看着身后的路。碎石路已经消失,她的车正驶在高山密林包围的湿润的泥土路上。卡车在泥泞中颠簸着,泥土被轮胎抛向空中,落在后窗上。卡车后面的货厢仿佛是从深深的水坑里跳出来的,就像是一艘船正在穿破泥泞的棕色波浪。玻璃慢慢被车轮溅起的泥点模糊了。

车子一直以每小时六十五千米的速度行驶着,直到撞上了什么东西。撞到的可能是石头,也可能是落在路上的树枝,那股力量足以让卡车发生侧滑。她想要刹车或者转弯,但却被什么东西缠住了……卡车飞了起来,掉进了森林里。

第一章

那些向我们的方舟伸出罪恶之手的人,想将我们溺死在洪水中的人,想让我们辛苦劳作却一无所获的人,终将发现,他们那罪恶的手将被斩断。神将斩断他们的手,如同结束劳动的农民开始弯腰收割小麦一般轻松。

——蒙大拿州希望郡,伊甸之门圣父

一周前……

这是一头从加拿大跑来的雄性灰熊。雷声惊醒了威尔·博伊德，他出门走进夜色，向北望去。在月光和云影的淡灰色之间，北落基山的轮廓仿佛黑暗中的哨兵。北方下起了暴雨。白天干活的时候，他就感觉到一场暴雨正在孕育，空气越来越黏稠，随之而来的还有一种沉重潮湿的感觉。雨水落下之后，这种感觉瞬间就消失了，天空被电光照亮，仿佛湖上破碎的冰面，接着一切又被湖水吞没。

十千米外的山坡上，在风的推动下，大雨倾盆而下。他站在山上，看着这一切。森林环绕着他，有黑松也有白云杉，更远处，山麓和森林之间的小丘上，他看到闪电照亮了下面长满了六月草的原野，光亮在逐渐扩大。

在过去将近十二年的时间里，他曾多次穿过这片原野。他知道，在鲜花盛开的春天，这里开满了紫色的风信子和蓝色的亚麻花。夏天，大部分花草都变成了金绿色。而到了秋天，它们又都变成褐色。在接下来的六个月时间里，原野又变成了白茫茫的一片。在苦寒的冬天和恶臭的夏季里，他都曾穿过这片原野。他从分给他的这幢小屋中出来，带着两只装水用的塑料桶，越过教会要求他看管的这片土地。在这里他经常能看到麋或鹿，有时候会看到鹰或隼在空中盘旋。

现在他站在这片原野上，裹着从床上拿来的羊毛毯，看着远方的雨水冲刷着一条又一条山脊，仿佛风是一种可以看到、可以摸到的东西。第一阵隆隆的雷声将他从睡梦中惊醒，他走进了蓝色的夜晚等待着，看着远方的山峰。闪电第二次出现，雷声紧随其后，蓝色和白色的电光照亮了周围的群山和丘陵。威尔将毯子往肩上拉紧了一些，向前走了几步，看着闪电消失，让自己的眼睛重新适应黑暗。闪电不断分岔，就算闭上眼睛，他仍然可以感受到闪电的印迹被困在黑暗中的眼皮底下。

他首先看到的是一头鹿，一头成年雄鹿，今年刚刚长出鹿角。闪电再次袭来的时候，那头鹿已经在黑暗中来到了原野中央。奔跑过程中，被闪电照亮的鹿就像是被冻住了一样，一条前腿向前伸出，两条强壮的后腿正在弹起，仿佛悬在了原野上方。威尔看到了这一切，然后又看到它消失。天空中的闪电消失了，随后雷声隆隆，暴雨越来越近，远处的山麓开始在雨中消失。

他向草丛中走了几步，想寻找那头鹿，但几秒钟之后，它飞一般地穿过了原野，再次消失了。

接着，灰熊来到了这片原野上。天色逐渐变暗，灰熊肌肉隆起的身形移动了过来，它的上半身和不断运动着的精瘦肌肉包裹在毛皮里。它飞快地移动着，耳朵被风推得贴在了头上。高空中，闪电闪过，这场景就仿佛一张照片：一头熊站在一座大型博物馆的大厅深处，庞大而凶猛。

但闪电消失了，随之而来的是雷声，熊仍然在那里，在原野中央停了下来。最开始是几滴雨，最后变成了暴雨，凶猛地砸了下来。这头熊似乎正研究着空气，抬起鼻子，朝着远方的树和即将到来的雨墙。它用两条后腿站着，面对着雨。威尔简直无法相信，世界上有那么大的熊。他觉得它体内仿佛有一个半人半兽的原始生物，曾在过去的日子里统治着所有生灵。

那头熊就那样站在那里，后腿撑着身体，面对着雨水，雨从林间喷涌而出，仿佛一面墙压过田野。雨水包围了它所经过的一切，它那样厚重，山峰、山麓、森林，雨墙后面的一切都消失了。雨点落到熊的身上，仿佛熊根本就没有在那里，威尔又站了一会儿，看着雨墙向着他的方向爬上了山坡，很快就要到了。风和雨水折断了七八米上方的树枝，他看不到原野，也看不到森林。雨水浸湿了毯子，威尔转过身，回到了他的小木屋前，打开门，冲了进去。

大雨滂沱，雨水敲打在头顶的铁皮屋顶上，狂风摇晃着木框玻璃窗。威尔打开门，站在那里看着门框外的夜色，听了一个小时。月亮又出来了，小小的银色水滴悬在那里，然后从草叶和松针上滴了下去。头顶上方，飞机闪烁的航行灯像来自另一个世界，在落满繁星的黑暗中穿过。

三天之后，他才再次看到那头熊。

* * *

在往东一千米外的地方，威尔发现小溪旁松软的淤泥里出现了脚印，这让他认为那头大灰熊还在附近。他站在那里低头看了一会儿，然后抬起头，注视着沿小溪对岸生长着的浓密灌木。灌木郁郁葱葱，很难穿过去。

他沿着一条兽径向小溪走去，目前为止，还没在周围看到熊出现的迹象。一直以来，他都在追踪猎物，还为教会维护这里的陷阱。他的时间都花在教会和旷野中了。每个月有三个星期的时间，他都在追捕和狩猎，然后在伊甸之门待一个星期。从他第一次看到这头熊算起，时间已经过去了三天，他以为自己会无意中看到什么痕迹，比如在地面或是树干上找到毛发、粪便或是爪印，但他什么都没有看到。

威尔六十二岁了，他觉得自己这辈子都没见过这么大的熊，所以他很好奇，到底是什么让它来到北方的这处山谷里。因为山谷中越来越频繁地出现农耕和放牧活动，许多动物数年前就因为被捕猎和追赶而开始迁徙。威尔需要走很远，才能抓到鹿、麋、火鸡、海狸和兔子之类的猎物。

　　他戴着那顶旧宽边帽，身上沾满了身体分泌出来的盐分，胡子下面是一个方下巴。衬衫包裹下的肌肉仍然强健，依旧可以每天拖着他上山下山。现在，他扫视着周围，目光在身后的森林中游移着，然后看了看对面小溪旁的灌木。威尔继续看着泥上的爪印。他跪了下来，感受到背包的重量落在了背上，接着伸手按在了脚印上。他用另一只手紧紧抓住步枪的带子，不想让那把旧雷明顿在肩上乱晃。

　　那个脚印比他张开的手大三厘米，整整宽了一圈。威尔觉得他看到的这个可能是右前掌。掌前每个趾尖都长着长爪，将泥土刺破了十几厘米。

　　他站起身来，循着脚印指示的方向沿着小溪前进。他来到上游约四百米处的那只海狸筑成的水坝前，跪在看不见的地方，看着那些胖胖的小型哺乳动物在池塘里游来游去。

　　那些海狸在水坝围成的池塘正中央建造了自己的小屋。他看着一只海狸从水里浮了出来，用牙齿和蜷起的前臂把一根树枝搭在了巢穴旁，那像是一个新打出来的洞。许多旧木头上都有熊挖木头时留下的爪痕。

　　小溪从山上流下，接着穿过山麓。威尔继续前进，却没看到熊留下的其他痕迹。他设下了抓兔子的陷阱，然后绕回他前一天设置陷阱的地方，发现六个里面有三个陷阱套住了白尾巴的野兔。

　　他扭断了兔子的脖子，多年的实践经验让他手上的动作飞快。他的父亲和祖父将这些技能和知识传授给了他。他对周遭进行了检查，重新设下了六个陷阱，然后将兔子带到溪边，掏出内脏把死兔子浸入水中。宽阔平坦的岩石延伸进水里，威尔很喜欢这个地方，威尔经常在这里洗澡，在溪中洗衣服，然后在阳光下晾干，而他自己则在长长的深潭中裸泳。从春天到夏天，他的手和脸都晒成了黑褐色，而身体的其他部分在干净的冰川融水中白得发亮，除了胸口那里的一块疤，那里还曾经有一枚文身。

现在，他跪在水边清理兔子的内脏，直到全部收拾干净。他看着最后一条血迹在水中缓慢移动，烟一般飘荡，水流带着血液，很快那一丝红色也汇入更大的水流中了。

他再次抬起头，发现熊正在森林的另一边看着他。威尔看到熊的肩膀上隆起的肌肉，粗壮有力的前肢抓着岸边。熊正看着他，那双阴沉的黑色双眸和脸上突出的吻部转了过来。它的鼻子湿着，上面沾着土和草，不知道刚才翻弄了什么。威尔没有动。他的步枪——二十岁高龄的栓动雷明顿700——还在一点五米上方的石头上，跟他的背包还有剩下的陷阱在一起。他伏在水面上，手上握着猎刀，一旁的石头上放着死兔子。

他看到熊在转身之前嗅了嗅空气，然后沿着小溪的另一侧来到了浅水的地方。于是，威尔站了起来，拿起兔子和刀，朝着背包和枪跑了过去。熊转身直起身子，发出一声咆哮，然后前爪落地。它沿着小溪的另一侧向他跑了过来，然后用一只爪子试了试水的深浅，却没有摸到河床。它收回了爪子，威尔看到它巨大的前爪，以及它是怎么把这爪子拍在地上的。接着，那头熊又退了几步，开始往这边走。多亏水池的深度和熊的犹豫，才让这头大灰熊远离威尔。

他已经收拾好了背包，把它拿起来，胳膊穿过肩带把包背在身上。他弯腰举起步枪。熊仍然没有动，只是又抬起鼻子，嗅了嗅空气。就算是看到步枪，熊似乎也没有打算停下。它咆哮着，露出黄色的牙齿，唾液从上颚悬下来，它张着大嘴，那张嘴可以轻松吞下威尔的脑袋。

威尔又弯下腰，不去看熊的眼睛。他把兔子带在了身上，在兔子皮上蹭净了刀子，然后把刀放进了皮带上的刀鞘里。收拾完之后，他走到水边，仍然警惕着那头熊。他拿起那只死兔子，扔了过去。死兔子旋转着飞过池塘，落在了离灰熊一米左右的灌木丛里。

熊发现兔子的时候，威尔已经退上了石头，来到了小溪两边的灌木丛里。等周围的枝杈合拢起来，他才转过身离开小溪。除了远处的水声，这里一片安静。他又走了大概一百米，接着转过身，看着小溪和周围的树木。除了水声以外，什么都听不到。有那么一会儿，他把目光停留在他走过的路上。左侧很远的地方传来了伯劳鸟的叫声，鸟儿从它的栖息处弹射了出来，在树林里啄食，接着闯进了远处的草原。

威尔跟上了那只鸟，他飞快地穿过草地。再次出发之前，他还停下回头观察了一下溪边的林带。等他回到小木屋之后，放下兔子和背包，然后去眺望北方群山。到这时候，他才给自己一点儿时间休息。

他望着这片土地，取出了随身带着的那把雷明顿，他手中握着带子，翻开瞄准镜的盖子，将步枪架到肩膀上，瞄准镜贴着他的眼睛。他用瞄准镜观察着远处森林的边缘，他知道，那条小溪在那里又延伸出几百米远。风刮过树顶，穿过下方的草地，在威尔眼中，那里仿佛一片巨大的金色湖面被吹起波浪。

他将步枪从肩上卸下，站在那里，望着远处的森林和土丘，还有更远处的山峰。他对自己说："看不到并不意味着不存在。"

威尔想起在闪电暴雨中看到的雄鹿，想起了海狸的房子和旁边挖的洞。他知道这头熊准备干什么，为什么会来了。

* * *

三个小时之后，威尔剥完了兔子皮，将肉用盐裹好，之后他从地窖里出来，看向上方跳动着的繁星，还有树后的残月。他已经吃完了东西,要去工作了。他会把这些兔子以及过去几周捕到的其他一些小动物送给他曾经亏欠过的人、他为之工作的人,以及那些在他以为自己的人生已经结束了的时候,在某种程度上曾让他振作起来的人。

他们会把毛皮卖掉,大部分钱都会捐给教会,但其中有一部分会回到威尔手里。这些钱可以用来买制作陷阱用的钢丝、点 308 步枪弹药、黄油、面粉以及其他威尔无法从森林中轻易弄到的东西。他对所有事情都非常小心,熟知小屋内和地窖中每一样物品和它们的确切尺寸,就好像这一切不只存在于他的脑海里,还真真切切地记在纸上一样。

他现在正望着这处小小营地的周围,还有最初几年里他被伊甸之门保护时住过的房子。之前烤饼干时点的火仍让煤闪着红光。现在夜幕还没有完全降下,他走近那点火光,吹掉煤上面的灰烬,然后在上面放了几块新煤。

他坐在火边,想着那头熊,坐了整整一个小时。他想到那天,那头熊其实可以非常轻易地杀死他。

* * *

两天之后,他上山时发现教会的白色卡车正等着他。威尔用一架他自己制作的雪橇拉着一头处理好的雄鹿,汗流浃背地站在剥皮时用来挂猎物的钩子下面。他这台雪橇是用从白杨林里砍来的两根树干做成的,上面捆着小树枝,再用降落伞的伞绳全部捆在一起。这架雪橇能让他将猎物从三千米外的击杀地点带回来时变得轻松一些,不过也没那么轻松。

他站在那里看着卡车,接着又看看他那座小屋坐落的空地,但除了卡车之外,他什么也没看到。他太累了,咳嗽了一声后才把那头鹿挂了上去。接着他走到已经变成灰烬冷掉的篝火旁,扒开了冰。威尔放下了肩上的枪,将包放在地上,正在这时,朗尼从放兔子的地窖里走了出来。他走到卡车旁边,掀开冰盒的盖子,正要把兔子和剩下的肉往里放,这时他才看到威尔站在那里。

"我看你过去三周一直很忙。"朗尼低头看着冰盒,又看了看威尔。朗尼头上戴着一顶卡车司机的帽子。他像教会的所有成员一样留着胡子,两条蛇形文身从T恤袖子中露了出来,盘过他前臂,直到手的地方。

"我以为你明天才来呢。"威尔扫视着空地,想知道朗尼是不是一个人来的。

"出了一些事。"

"什么事?"

"那种能让我想起你的事。"朗尼笑了,从卡车那里往威尔站的地方走了十几步。"我帮你找了一份替我们做事的工作。"

"我喜欢我现在的工作。"

朗尼绕着那头雄鹿转了一圈,打量着。他轻轻吹了一声口哨,咯咯笑着说:"它真漂亮。"

"等我把它剥皮剔骨,剩下的肉应该能有三十千克。"

"你要把脑袋留下?"

"我打算把它挂在屋里。"

朗尼盯着他,用舌头舔了舔上唇,然后舔了舔嘴里面的牙龈。

他从牙齿里剔出了什么东西,弹到了一边。"那对鹿角可以当成一件不错的礼物,送给约翰或圣父。"

"我击中了它的心脏,肉质应该还好,我只需要把它挂在钩子上处理一下就好。"

朗尼笑了:"你在这里干得很棒,不要觉得我们已经把你忘了。"

威尔看着朗尼。朗尼身高一米八左右,差不多和威尔一样高,但非常瘦削。那两个文着蛇的前臂上都是肌肉和筋骨。威尔听说过朗尼的这两条胳膊，虽然他从来没见过朗尼伤害谁，但他们都说朗尼的双拳像响尾蛇一样快。

"把这头鹿剥皮剔骨需要花费大概二十分钟时间，清理肌腱，分开各个肌肉群要再花一个小时。你有那个时间吗？"

"只需要剥掉皮扔到卡车后面就可以了。伊甸之门那里有很多人可以帮忙切肉，保护好它的头部。"

威尔提起了他空空的水壶走进了房子，把壶按进水桶里，看着气泡冒出来，直到装满为止。他站在那里喝掉了壶里的水，然后再次装满。回到朗尼和那头鹿那里的时候，朗尼正在看那把步枪。

"这把点 308，你开过枪了？"朗尼问道。

威尔回答说："对。"

"这够打一头大灰熊了吧？"

威尔等待着，他不喜欢事情这样继续发展。

朗尼从口袋里掏出一个小袋子，捏了些烟草，接着从同一个袋子里拿出纸，卷成了一支烟。"我们遇到了一些问题，而我认为你是能够解决这个问题的人，"他卷好了烟，把烟叼在了嘴里，"来一根吗？"

威尔谢绝了，他走到鹿身边，解开了用来固定鹿的伞绳。他听到了打火机点火的声音，然后是吐气的响动，等到把伞绳从鹿的下腹部和腿上解下来后，威尔就只能闻到烟味了。

"你认识二二四地区的克肖吗？"

"我认识克肖，他的住处离这里大约三十千米。"他跪了下来，从腰带上取下刀，在鹿每个膝盖和后面的肌腱处都划出一个小洞。接下来，他拉过架子上的钩子，把鹿吊了起来。那头鹿就这样四肢伸开，在他面前摇晃着。"他们还在养牛吗？"

"如果周日去听圣父讲道,你可能就知道了。你很少去那边,可能会觉得自己不去也没人注意,但我注意到了。顺便我想告诉你,几周前教会接手了这些牛。"

"接手?"

"做了一些改进。"朗尼抽了一口烟。他走了几步,低头看着下面的原野。回来的时候,他说道:"我想让你去捕杀一头大灰熊,它昨天抓走了一头小母牛。"

威尔停下了手中剥皮这项精细的活儿,刚才他正在鹿的臀部和大腿上忙活着。他看着朗尼说道:"你这是要我违反一大堆法律法规。"

"你不正在这么做吗?你以为我们让你在教会的土地上安营扎寨,你还可以挑挑拣拣吗?"

威尔不喜欢这样的交流。没错,也许他确实在这里做得不错,但与朗尼冲突不会对他有任何好处。"做好计划了吗?"

"这就是我来这里的原因。"

"灰熊是食腐动物,"威尔说,"它们是机会主义者。你永远不会知道要如何解读或理解它们。如果需要的话,它们甚至会杀死自己的孩子。它们也是侥幸存活下来的。你要我杀的这头熊,它可能刚刚从这里经过,可能只是看到了小母牛就过去了,现在可能已经在数千米外了。"

"如果并非如此呢?"

"我们可能因此被关进监狱。你懂的,对吧?"

"我们的土地上发生的都是我们自己的事。"

威尔咂了咂嘴。沾血的刀子握在他的手中,他转了转眼珠,看了看这座小屋的空地,没发现任何可以逃走的路线。"我在越南的时候,有一只老虎曾杀死过驻扎在我们基地里的人。它来来回回地出现,不停伤害我们的人。我们竭尽全力想杀死它,却只找到它的爪印和血迹,没有人活着看到过它,它可能是个幽灵。"

"然后你杀了它?"

"不,"威尔说,"怎么能杀死看不到的东西呢?"

朗尼抽完了烟,把烟屁股扔进了篝火里。"你认为这头熊是超自然的存在?你认为这头熊是上天的报应?圣父会喜欢的,对他来说这就是圣经。"

"不,"威尔说,"我不知道这该死的事情,而且我帮不了你。"

"威尔,你知道你不可以说这种话。"朗尼从口袋里拿出一个小瓶子,把盖子拧开,喝了一口。他一直盯着威尔,说:"需要一点酒精来刺激你一下吗?"

"不。"威尔说。

朗尼又喝了一口,然后坐在篝火旁的一块切开的原木上,抬头看了看威尔。"对你来说事情可能会变得更糟。"朗尼说,"像你这种一直待在外面的人没有看到我见过的东西。你不知道最近他们都让我们做了什么的。"

"圣父选择让我待在这里。"威尔说。

"但是圣父说就要到那个时候了。"

"是这样吗?"

"他让我们去看那些迹象,非常明显的迹象。所有苦难都会在东部挣脱桎梏。它要来了,而且会席卷全国。威尔,我了解你是什么样的人。你不是信徒,不像我们现在这些新鲜的血液,但你会成为信徒的。总有一天,你也会和我们其他人一样,需要被拯救。"

"我看到你一直在坚持你的信仰。"威尔看着瓶子和它的主人。

"积习难改。"

"没错。"

朗尼又喝了一口酒。他望着那片空地，还有更远处的群山。昆虫在即将落山的太阳所散发的最后一丝光线下舞蹈。"那头老虎最后怎么样了？"

"负责人与当地村民进行了交涉，他们建议挖个坑。敌人曾经在我们身上使用过这种方法，用来屠杀我们，把我们打入地狱。也许你听说过，他们把削尖的棍子放在坑底，上面盖上小树枝编成的盖子，再伪装一下，其他工作就由重力完成了。"威尔再次将刀切过皮肤，将皮扯下，直到前腿处，然后再把每条腿后面用刀片划开，用力一拽。

"你们就这样抓到了老虎？"

"不，老虎在等待，它一次只带走一个人。它在丛林中等待着，观察着。它很坚定地知道我们打算杀了它，我们一直没有成功。"

"这他妈的是什么？"朗尼又喝了一口，"为什么你他妈的不先把这个故事讲给我？"

"有时候你得知道，你没法总得到你想要的东西，这一点很重要。"

"这是双向的。"朗尼说。他看着威尔的工作，然后他起身准备离开。

"你最好把那玩意儿扔到我卡车后面。在去克肖那边挖出坑之前，我还有很多事情要做。"

"你没法抓住它。"威尔说。

"好吧，我会尽我所能，我也需要你的帮助。"

* * *

威尔停下了脚步，站在他之前看到那头熊的地方，迎接即将到来的雷雨。他转身仰望他的小屋，屋顶歪歪扭扭，烟囱上有个铁皮帽，整座小屋仿佛就是森林本身的一部分，那么小，在小山顶上又似乎毫无特色。

从朗尼出现到现在，时间已经过了一天，威尔正用一根绳子拎着三只海狸赶路。那天早上，他在岸边开枪，然后看着它们浮出水面。他赤身裸体地走进了池塘，一直走到脚触不到池底。过了一会儿，他把它们拎了起来回到岸边，回头看了看几天之前被熊撕扯过的那个洞。水和血液滴在他赤裸的前臂上，然后落在下面的泥泞里。他将每只动物掏空，把肉保存下来，然后绑住了它们身上的香腺。

克肖的营地离这里三十多千米，但是如果穿过森林和原野，差不多能把这段路程减半。下午的时候，他站在熊当时站的位置上，试图思考熊的想法，看熊走过的路径，了解熊的世界。

* * *

威尔做了一个梦，思绪在时间中漫游，他忽然想起了小时候听过的一个故事，这个故事从开拓时代就一直在他的家族中流传。熊的身高是普通男子的两倍，矿工和伐木人一直在捕杀，导致它们几乎灭绝。牧场主们会射击视野内的一切东西。可是这些熊只是饿了，只是尽其所能想生存下来，并且用它们所知的唯一方式去实践这一点。

夜里，他醒了，坐起来看这块被他当作营地的空地。这里离克肖的地还有八千米左右。他之前登上山脊，来到这处能够俯瞰整片土地的地方，并建立了这处营地。夕阳下的天空像在蓝黑色的海上泼了橙色染料一样，他吃了一些摘到的蓝莓，还有用猎物做出来的熏肉。五十米外，海狸从树枝上垂下，夜晚的微风吹动着它们，扁平的尾巴就像一张风帆。

他从梦中醒来，看着那条绳子，看着海狸黑色的身影在蓝色星光下转动。他咳嗽了一声，吐了一口痰。随后沉默了下来。他的眼睛扫过每棵树，每一片草地，仿佛处处都藏着未知的威胁。

在东方，一道淡红色的光出现，仿佛临近黎明的太阳，但他知道那不是太阳。他站起身来，把羊毛毯子折起来，然后拉上两只靴子，伸手拿起步枪，开始走过这片空地，穿过荒草及膝的原野。

来到远处的森林之后，他闻到了一股烟味。又走了一百米，穿过斑驳的影子和头顶常绿茅草下的那汪月光，他已经能够听到下面崇拜者们的呼唤。再走一百米，他来到了一块延伸出两侧四百米长的宽阔的岩壁间，这些岩石勾画出了下面的河谷。一条河流过岩壁的底部，水黑得像墨似的，但火光照亮了水面。再远一点，他可以看到一堆篝火。垒起的木头高达三米，火焰又往高处伸出七八米。他可以感受到热量飘到了河上，然后升起，温暖的涡流和河上清凉的空气在他面前，像旋涡一样旋转。

篝火在下方的圆形区域投下了影子，在那里威尔看到了那些来崇拜毁灭的人影。他们吟唱着祈祷和敬拜的语句，低头跳着自己编出的混乱舞蹈。在这个距离，他什么都听不清楚，声音在岩壁上弹起，在热风中迷失。威尔之前听过，知道这声音在说些什么，不过他并不喜欢去想这些事。他们是伊甸之门教会的一部分，就如朗尼所说，他们在做自己喜欢的事情，用自己选择的方式崇拜。因为这是他们的土地，不管威尔是否喜欢，他都在十二年前来到他们这里寻求救赎。他们救赎了自己，让他成为现在的样子——渔猎执法官或者偷猎者，捕猎大大小小的动物。

他离开岩架，发现了下方阴影中的岩石，然后架起步枪，对准下面在转圈跳舞的那四十多个人，他打开瞄准镜的盖子，扫视着周围，那里有许多穿着教会白色长袍的人。他用瞄准镜从满面胡子的男人扫到头发蓬乱的女人。他看到了形形色色的男女，他们的动作投下了细长的阴影，双腿和手臂的影子洒满了炽热的地面，就像某种变形的生物，一半是兽，一半是人。

就在他用瞄准镜盯着那圈人的时候，人们又排成了一列，从那堆木头一直排到河边。他把眼睛从瞄准镜上挪开，胳膊肘用力撑着向前移动，来到了悬崖边缘。他向后一伸手，又拿起步枪，小心翼翼地不让灯光照到玻璃上，低头看着河中圣父的身影。他大概五十多岁，一直是一副无动于衷的面孔，任何看到这张脸的人，都如同在经受恐惧或者救赎。他穿着自己的长袍，站在及膝深的水中。水沾在布料上，一直浸湿到胸前，袍子从胸部垂下，显出他身上强壮的肌肉。他仰望着天空，吟唱着，一个一个地把敬拜者邀请到他面前，把他们的头淹在河中，按在那里，任凭他们在水里扑腾和挣扎，不管他们想要抓住什么。

受洗之后，所有人又都聚成了一团。有些人穿着长袍，有些人穿着自己的衣服，他们挤在一起，有些人被挤在阴影之外。有些人在发抖，有些人明显受到惊吓。这些人的前面有一个人拿着枪，还有几个人带着砍刀。这几个人走过人群，剩下穿洗礼袍的人跟在他们身后，在岸边把他们围住。人群中拿着一把大型左轮手枪的人是圣父的弟弟约翰·席德。他稍微单薄一些，但是两个人长得差不多。他们都蓄着胡子，文着文身，而且都长着一双似乎在黑暗中也能看清一切的全视之眼。

约翰带着左轮手枪走进水中，停在了离圣父只有一两米远的地方。

他们俩等着手拿步枪和大砍刀的人把这些新的礼拜者带过来，每个人都像自愿的一样，依次受洗，然后被卫兵带回岸边。虽然威尔以前曾经见过这种洗礼，但他没有看到过这样男女都被强行浸入水中的情景。

朗尼已经把变化告诉了他，而且威尔过去经常参加布道，所以他也不会对下面正在发生的事情感到惊讶。不过威尔觉得，自己的信仰正在逐渐消逝。

许多人在岸边哭泣，威尔可以看到他们的肩膀在明显地颤抖，脸上露出了恐惧。他看着他们，仿佛看到他们都被关在泡泡里，里面的声音无法逃出来。他们之间的距离和匆匆的流水吸走了他们的呼喊，以及他们为这次强迫举行仪式所发出的抗议。

有那么一会儿，他把瞄准镜放在人们身上，看着他们来到水中，试图抵抗，试图摆脱抓住他们的人，但没有一个人能够走远，每个人都面对了同样的命运——接受洗礼。

威尔已经加入教会很多年，但之前并没出现过现在这种要非自愿的人受洗的情况。几年前，他看到的是许多人自愿受洗，并奉献自己的灵魂。他像那样站在河边，穿着长袍，在他们之中尽他自己的一份力，将自己的灵魂献给了教会。但那仿佛已经是另一种生活，一个与他现在的身份和被赋予的角色相距甚远的过去。

他看够了，从悬崖边离开，站起来向森林走去。忽然他听到了远处霰弹枪击发的声音。他冲到了悬崖边，低头看去。他看到许多人蜷缩着，守卫站在他们的周围。不过更远处，还有很多自愿的人站在水里等待着圣父和约翰。威尔无法分辨是谁开的枪，他盯着河流，想看看是不是有尸体在被急流冲走，最终会消失在视线外河流的转弯处。

但是他没有看到任何尸体。等他再次把目光投向圣父的时候，他已经开始继续进行洗礼了。见证了这一切之后，威尔再次回头望向了河边那片空荡荡的地方，急流把水变成了白色，他不确定自己都看到了什么。他让目光在那里徘徊，看着水从下方流过。他想到了洗礼的意义和洗掉的罪过。

所有人都把头埋在水中的时候，威尔从悬崖边离开了。他不需要知道圣父现在会对他们说些什么，也不需要再看了。因为他对整个过程都十分清楚。十二年前自愿前往教会之前，他就听说过。他回到了营地，又把那段话对自己重复了一遍："我们正站在一道巨大的峡谷边缘，下面就是人类的命运。人类已经对创造出的那些带来纷争的机器变得麻木，但我们没有。我们，只有我们，被选中在这场灾难中幸存，在之后进行重建。我们都是天使，是少数走在返回伊甸园之路上的人。我们是一家人，我是你们的圣父，你们是我的子民。团结一心，我们要前往伊甸之门。"

* * *

清晨的薄雾笼罩着远方的原野，青草和牛粪的气味在空中徘徊。威尔来到了斜坡的顶部，看着下面克肖的房子。他沿着围牛的围栏向前看，铁丝落在了圆形区域的边缘。他还看到一小股烟气从烟囱顶端冒出来。

他开始沿着通往山顶的砂石路前进，穿过一排松树后，看到了下面的谷仓。其中一扇宽阔的门敞开着，门板的下角躺在泥里。房子里面黑黑的。虽然他可以闻到空气中有牛身上的气味，但是并没有看到它们。他又走近了一些，想知道这里发生了什么，想知道熊是否曾再次来过，会不会现在就会从那片更大的阴影中现身，而身上还留着刚刚屠杀后的新鲜血液。

他什么都没发现，那里只有干草和刷着油漆的畜栏，被遗忘的动物那令人陶醉的香气早已不复存在。他再次出来的时候，看到教会的白色卡车正停在路边，离松林很近，离房子较远。一把铁锹和一把锄头靠在车上，两只黄色的牛皮手套放在柄的顶端，就像临时做成的稻草人。

五十米外，纱门打开的动静吓到了威尔。他转过身，朝朗尼站的那条门廊的方向望了过去。对方用手指拽着胡须，目光越过草地和碎石射向威尔。

威尔走上前，朗尼已经从他的口袋里取出了一个袋子，开始卷烟。他站在门廊上，穿着一件薄的棉背心，布料紧紧地贴在胸上，一直到裤腰的位置。他的头发很乱，脸上有清晰的睡觉印迹。他吐了一口痰，舔舔嘴唇，看着威尔。而威尔一只肩上背着海狸，另一只肩上背着枪。

"你在这儿睡觉？"威尔问道。

"有时会。"

威尔看着他在口袋中翻找着，然后拿出了打火机。朗尼捧起打火机，将火焰带到唇边，香烟燃烧了起来，第一口烟气被吸入肺部。所有这一切都是一种刻意缓慢的宣泄，烟雾和空气，微风的变化，以及烟雾擦过他的皮肤。现在，混合了奶牛气息的烟味使得牛的消失显得更加明显。"牛都怎么了？"

"被吃了。"朗尼说。

威尔看看他身后开着的门，仿佛牛仍然在里面。"克肖他们呢？"

"走了。"

"走了？"

朗尼微微笑了一下，看着威尔，然后弯腰又吐了一口痰，他甚至没打算把痰吐到外面。

* * *

威尔把海狸留在了厨房的柜子上，然后去了洗手间。完事之后，他回到了从客厅伸出的小走廊。他刚刚洗过手，所以双手还有些湿。他把手蹭过衬衫的胸前，然后翻过来再蹭干另一边，这样把手擦干，就像用皮带磨剃刀似的。

　　走廊对面那间卧室的门关着，他推开门，看了看里面。一张大床，床单两端都拉起来了。两个枕头，上面有两个脑袋躺出来的凹陷，仿佛睡在那里的人几分钟之前才起床，现在正打算去外面走走，或是等着咖啡过滤结束。

　　他转身沿着走廊继续前进，离开了厨房和客厅。他来到另外两间卧室，依次推开每扇门，各向里面瞥了一眼。其中一间的墙壁是蓝色的，里面挂着一些自制的飞机模型。另一间的墙壁是粉红色的，有一张梳妆台，顶上排列着毛绒动物和塑料小马，很多都倒着，但仍有一些保持着各种各样的姿势，就仿佛从孩子的西洋镜里拍出来的凝固瞬间。

　　"我听说你有个女儿。"朗尼站在走廊的尽头，离这里大概三十步远。

　　"你听说了？"

　　"他们把这份监视你的工作交给我的时候就是这么说的。"

　　威尔看着粉红色的墙壁，看着横跨整个窗子的散开的窗帘。他有一个女儿，一个妻子，一个家庭。在这之前威尔已经过了一辈子，他的妻子和女儿不再和他在一起了，他们不再是这个世界的一部分了，这是他的错。虽然他来到了圣父这里，来到了伊甸之门，但他知道这里没有宽恕。

　　他闭了一会儿眼睛，闻到灰尘的味道，里面还藏着某种甜蜜的东西，他几乎可以辨认出来。再次睁开眼睛之后，他转过身来，看着朗尼，问道："这里到底怎么了？"

* * *

"威尔,你是我们中的一员。但是你、约翰、圣父,或是我看着同样的东西的时候,并不表示我们看到了同样的东西。"他们走到原野上。在牛死掉的那片草地上仍然可以看到血迹,熊来过了,吃了它的食物,然后继续前进。"我们每个人都有自己的目标。你在那里生活过,曾经为教会做出过贡献,帮助教会解决过问题,他们对此表示感激。"

"克肖他们呢?"威尔仍然想着空荡荡的房间和对方对他说的话。朗尼给出的回应并不是答案。

"他们也要解决自己的问题,就像你我一样。我们每个人都是仆人。"

"你的目的是什么?"威尔问道。他现在跪在地上,望着原野,寻找着熊的足迹,在脑海中搜寻着。熊在大步前进,运动过程中肌肉在舒张收缩着,在阳光的照耀下毛皮闪着光泽,大爪子下面的草地和泥土被踢到空中,上方尘土飞扬。

"我要保证圣父和教会得到应得的东西。"

"现在他们这么称呼这种事吗?"

"我们在一个社区。你应该明白,如果教会帮助了你,你应该回报这种善意。"

"所以克肖能住在这里是因为付了钱?"

"住到他们把钱用光。"

"现在呢?"

"我们已经改变了他们的用途。"

威尔站了起来,走向篱笆弯曲的地方。他可以看到堆积如山的污垢和剪短的草地,以及由熊造成的凹陷和扭曲。"发生这件事的时候克肖他们在这里吗?"

"在，但他们已经快要束手无策了。他们杀死了许多奶牛供给教会，以换取在这里平安度日，现在他们对这个地方的占有即将结束。"

威尔看着周围的树林。他思索着他所看到的一切，想起了那里的熊，想知道它是否仍然在，是否正看着他们。"昨晚我见到了圣父。"威尔说道，"我见到了约翰，见到了河中的洗礼仪式。"

"欠教会债的不仅仅是克肖，这个社区里许多人都得到了帮助。他们已经支付了抵押贷款，债务已经得到了宽恕。他们咬住了伊甸之门的奶嘴。"一个恶人般的微笑在朗尼的嘴唇上出现，"教会和圣父只会要求他们应得的东西，无论是杀牛，还是种庄稼，或是把他们的灵魂交给伊甸之门。"

"有些人没有像其他人那样慷慨地献出自己的灵魂。"

朗尼笑了："有些人比其他人更慷慨，但最终他们都会献出来。"

威尔想到了那个女孩的房间，想到了过去，他想起了自己当初是如何一杯接一杯地喝酒，想到了另一种完全不同的生活。最后，他说："在教会里能得到拯救。"

"你现在明白了，"朗尼说，"我还以为你已经忘记了呢。"

* * *

在树林的边缘，抓熊的坑已经挖好了。威尔干净利落地切割树根，用薄松木编好一张盖子盖住大坑。在土坑的底部，粗壮的树枝已经磨尖，指着天空插进了地面。威尔检查了一下，觉得很满意。随后，他把海狸从房子里拿了出来，用一把小刀割断了绑着香腺的绳子。

"有人来帮忙吗？"威尔把海狸们都挂在一根细铁丝上，然后将铁丝放在坑口。

"约翰带着他的几个人一起来了，他们帮忙挖了坑，挖完之后，我们磨尖了树枝插在下面。他觉得你的设计很了不起。"

"你跟他说老虎的事了吗?"

"没有全说。"

"没说老虎是如何杀死那些想要抓住它的人的?"

"差不多就是这样。"朗尼说。

威尔走过坑边,拽着那根铁丝。他来到了一棵粗壮的树干前,把铁丝的一端绑在那里,然后将另一端绕到坑对面的一棵树上。

"这样能行?"朗尼问道。

威尔看着朗尼站的地方,看着铁丝网和那些等在地上的海狸。威尔提起一只海狸,把它的尾巴对着朗尼。"你闻到了吗?"他仍然拿着海狸,观察着。他看到朗尼微微弯下了腰,然后盯着威尔。

"甜的吗?像圣诞甜饼似的?"

"香草味的,"威尔说,"这里有一个腺体,闻起来就像香草,甚至尝起来也是。以前猎手们都把它卖掉,现在也有人还会这样做。下次去购物的时候你可以注意看看饼干上的标签,我觉得他们会把这种东西当成一种天然调味品。"

"你他妈是在跟我开玩笑。"

"我倒希望是开玩笑。"

"熊喜欢这东西?"

"它们喜欢这东西。"威尔走到树那里,拉紧铁丝,将海狸吊在土坑上方。"就像苍蝇喜欢屎一样。"

"熊也喜欢海狸屁股。"朗尼说。

* * *

一个小时后,他们完成了工作,拖出椅子坐在门廊上。朗尼抽着烟，从他的牙齿和嘴唇上摘下掉出来的烟草，把它弹开。他俯身向前，前臂搁在大腿上，烟在他的手指间摇摆。大部分时间，他都在看着森林边缘挖出来的坑。偶尔他会盯着远山，有时伸出一只手，拿过步枪，将瞄准镜放在眼前，在森林深处寻找阴影，或是冲着远处的山峰举起枪筒。

"你认为它在那边？"朗尼把步枪交给威尔。

"它在那边。"威尔回答，刚刚朗尼握过的前托位置还有温度。威尔将瞄准镜放在眼睛前，透过玻璃观察后，将步枪再次放下。

"你怎么这么自信？"

"它肯定是在某个地方，对吧？"

朗尼摇摇头。"真不知道是怎么做到的，你每天都在做这样的事情，就这样坐在这里，等待树木之间偶然发生的事情。"他站起来说，"我发现了克肖藏起来的几瓶酒。你想要打发打发时间吗？"

"你想不想知道如果约翰或圣父来到了这里，发现你违反了教条，结果将会怎样？"

"我们都有自己的秘密，"朗尼说道，"每个人都有。"

* * *

威尔等待着。他看着朗尼一口一口喝着酒，之后蜷缩在了沙发上，手里还拿着瓶子。不到五分钟，他就打起了呼噜。

原野里的光线已经开始消逝，昆虫在空中跳舞，在最后一丝光芒中扭着身子，还有几只则盘旋着飞走了，仿佛有什么重要的事情要做似的。他看了一会儿，接着继续看着树林中挖着坑的那个地方，然后他从窗户那里，转身沿着大厅来到了第一间卧室。

他坐在床上，看看房间里面。一件女子睡袍挂在门边的挂钩上，睡袍的布料又薄又白，袖子非常短，上面的缝线从胸口穿过，绣成复杂的花纹。有那么一会儿，他坐下来研究着睡袍，好像有某种神秘的问题要解决。

天空中的光已经完全消失，整个房间都黑了下来。他的目光继续扫过，看到了房间里的双人梳妆台和镜子。还有一把椅子和洗衣篮放在角落里，篮子里装满了衣服，看起来既有男人的也有女人的。

威尔下意识地又把目光落到睡衣上，他也不知道自己为什么会这样做。他从床上站起来，拿起睡袍，握在手中。他的妻子曾经有一件这样的衣服。尽管他一直在尝试让自己不去想她或是女儿，但现在他无法控制地想起了她们。

他把睡袍拿到面前，闻到了熏衣草和泥土的气息，还有一股类似防晒霜的气味。接着，他把袍子从身上拿开，走到床边，把它放在他觉得睡袍之前所在的地方。他绕着床转了一圈，又坐了一会儿，告诉自己，这实在是太疯狂了。如果现在约翰或圣父走进来，他们就会知道他没有像自己说的那样，在很久以前就得到了拯救。当时困扰着他的事情，现在仍然困扰着他，教会或圣父没有让他得到真正的救赎。

* * *

早晨醒来的时候，长袍就在他身边的床上。他朝着它伸出了一只手，感觉到了那片布料的真实存在，甚至有那么一会儿，他希望那里有血肉。他想起他的妻子，想到了过去的生活。威尔闭上了眼睛。正在这时他听到了类似狗的轻吠声，应该是那头熊。

威尔走出房间，发现朗尼仍然睡在沙发上，瓶子从他手上掉了下来。步枪仍放在威尔离开门廊时放置的地方。他拿起枪，冲着森林边缘陷阱的方向举了起来，透过瞄准镜观察着。铁丝上的那只海狸已经不见了，盖着陷阱的盖子已经翻了起来。

他迅速扛起了肩膀上的步枪，向后拨动枪栓，让自己能看到枪膛里的子弹。他将枪栓滑回原位，向前推开保险，然后他看了看房间，寻找背包和里面的弹药。他找到了包并拉到肩上，然后来到门廊，走进了晨光里。

他又一次把瞄准镜对准陷阱，沿着森林的边缘观察着。一切都和以前一样，除了一只海狸和覆盖着下面的尖刺的盖子。

吠声再次传到他的耳朵里，他很确定他们抓到的并不是他在雨中看到的那头大灰熊。他走出了门廊，尽可能迅速而无声地穿过原野，来到了那处土坑，低头观察。

这是一头雌性灰熊，现在威尔知道为什么那头大灰熊从山上下来，它是饿了，和它一起的还有这个母亲和它的幼崽。威尔抬头望着森林，并没有找到幼崽。这个地方现在已经重新恢复了寂静，幼崽可能已经跑了，但更可能是躲藏起来了。母熊死在了坑里，尖刺刺进了它的身体，穿过了毛皮。现在，木头的白色尖头被血液染成了红色。

威尔走了过去，从一侧绕过陷阱，在他脚下的泥土上有母熊爪子的印记。就在旁边，幼崽在坑边来回移动的痕迹差不多已经盖住了母亲的脚印，正是它呼唤母亲的声音惊醒了睡梦中的威尔。

根据爪印的大小，威尔看出幼崽不过几个月大，而就在跟着一个个脚印前进的过程中，他发现它向上移动，已经远离了田野。他径直向着上方的道路走了过去。

他朝那边走了几步，然后转身回到陷阱旁。两只海狸仍然挂在铁丝上。他伸手解开铁丝的一端，将两具尸体放了下来。他拿着海狸，又回去跟上了从地上发现的小爪印。他仔细观察着周围的景象，注意着哪里有动静。

他的动作缓慢而慎重。他这么小心并不是怕惊到幼崽，而是在警惕这只幼崽在森林里可能引来的东西。因为威尔知道，寻找这只幼崽的不仅有他，可能还有那头大灰熊。

走到大路上之后，他看到了幼崽跑过了一片碎石。威尔标记出了前爪，然后开始寻找宽大后爪以及它们在碎石上踩过的痕迹。他穿过路面，仔细搜寻每一个爪印，然后跟着爪印继续前进，走进了路另一边的森林里。有时候他会跟丢，有时可以从一根断掉的树枝或树皮上一撮毛发重新确定正确的追踪方向。

他追踪了两个小时。来到接骨木丛的时候，太阳已经升到了高空，森林开始因炎热弥漫起了蒸汽。威尔停下了脚步。他之前一直单手握着步枪搜寻着。现在，他把枪放在一边，跪了下来，低头看着幼崽留在泥里的新爪印。整个灌木丛似乎都长在威尔看不到的水道的凹陷处。

站起来之后，他可以肯定，此时有什么东西在林中移动。他没有拿起步枪，而是向前探身。他现在可以看到幼崽沾满泥的黑色前爪，在更远的地方，就是在灌木丛尽头，他看到了棕色，或者是金色的散发着夏天气息的皮毛。

他一直盯着那个地方，伸手摸到了一只海狸，立刻就扔了出去。威尔等待着，观察着。它的鼻子出现了，黑色的，沾满了泥土。小熊露出了它的牙齿，首先试了试那块肉，然后将它拉回到了树林内，一只爪子按住了海狸，开始撕咬。与此同时，它一直观察着蹲在那里的威尔。

幼崽将海狸啃得只剩了骨头，威尔又拿出了第二只海狸。这一次他用刀切了四分之一，往熊那边扔了一块，然后再往离灌木远一点儿的地方又扔了一块。小熊崽吃完第一块之后，威尔看到它来到了低处找到了第二块肉，然后躺下开吃，不过它仍然在看威尔。

"你饿了。"威尔说。他不过是一声低语，但熊立刻竖起耳朵朝他转过来，看着他的方向。

他伸手拿着另外四分之一块肉，没有把海狸肉放在地上，而是拿在手里，就像安抚那些在野外走失很久的狗那样。小熊上前啃到了肉，威尔也没有放手。他在迫使那头熊靠近。这只幼崽的重量看起来超过了五十千克，也可能更重，它已经有了像成年灰熊一样的大部分肌肉，以及像牙齿一样弯曲、能够挖土的爪子。当它建立起足够的信心去抓住威尔手中的肉的时候，威尔很好奇，这个幼崽愿意跟他走多远。

* * *

除了残留下来一些灰烬和黑色的木头，那堆篝火已经不剩什么了。威尔望着那条河，一边看着微风吹过水面，一边一遍又一遍地翻弄着灰烬，把那片地方弄得尘土飞扬。他走到河边，看着信徒们曾经踩过的河泥。他的目光扫过水面，想要找到之前他所站的那块石头，但是太多的地点和重重的阴影让他无功而返。他转身离开河边，沿着那条浅溪来到了篝火旁。那只小熊还在那里，抓挠着一块半烧焦的木头。

看到他正在接近，那头小熊躲开了，接着又一点一点挪了回来。几个小时过去了，威尔经常会找不见这只幼崽，但只要等一会儿，便会看到小熊正在原野里蹦蹦跳跳，或者在距离不超过三十米远的松林间转悠着。

从教会点燃篝火的那处低地中爬出来，威尔有些失望，因为他没看到熊从身后爬上来。但走了三五十米，他又看到熊在河边奔跑，在浅水里玩耍，还停了一下喝了些水，然后再次跑了起来。他呼唤着熊，很快熊就从河里走了出来。

两个小时后，他朝着小屋的方向爬上了斜坡，熊在身后不到六米的地方。熊来到小屋之前的那块空地上的时候犹豫了一下，站在那里，就像它碰到了一面围绕着空地和小屋的实在但隐蔽的墙壁。那头小熊来回走动着，朝他发出低沉的叫声。威尔走了回去，伸出手，熊的鼻子凑上来嗅着他的皮肤，然后触碰他的手。接着威尔抬起了手，蹭着熊的侧脸，仿佛他们曾经上千次这么亲密接触过。

* * *

第二天醒来之后，威尔喂了小熊一些吃的，接着按照他的习惯，带着陷阱、背包，拿着步枪，戴上帽子遮住阳光，也遮住眼睛。他走下斜坡，朝着原野走去，幼崽跟在后面，大步前进，不时停下来咬几口嫩草。威尔来到深深的树丛中时，熊撞在了他身后，一人一熊走到溪边喝水，分别把手和爪子浸泡在水流中。

许多陷阱已经倒了，威尔一个接一个地检查，然后重新进行布置。在他设下陷阱的地方，有两处只留下了兔子的血和头发。小熊嗅着地面，朝着高地跑了过去。

"我猜是野狼。"威尔说。他抬着头，寻找陷阱附近留下的线索，然后沿同心圆的轨迹开始移动，逐渐扩大搜索范围。最后他找到了兔子，并发现它们被吃得干干净净了，剩下的不过是一堆骨头和一簇毛发，但铁丝制成的陷阱就在不远处。

等他回去重新布置好陷阱，时间已经过了中午。他又回到了草地那边，熊跟着他，走走停停，就像以前一样。

来到通向小屋的斜坡时，小熊仍然在原野玩耍。威尔走了过去，太阳正在他的前方，他的影子在后面，从他背后伸向田野，就像他身体内的黑影在草地上拉长了似的。

* * *

枪声划过空气。威尔趴在地上，手指抓住树根和泥土，草的气味迎面扑来。上次有人向他这么开枪已经是四十年前的事情了，那是在另一个国家，那时候他就仿佛身处一个完全不同的世界。但是现在这种感觉并没有改变，肾上腺素依然流进每一根血管，刺激着他的身体。

又一声枪响，但这次是在上方，他抬起头来，但看到的只有草和松树顶端的枝叶。他听到了门闩的声音，然后听到了刺耳的笑声和谈话声。他用手肘支起身子，转身回到小熊停下来的地方，它正嗅着空气，然后站了起来，看着他。

威尔又听到了枪声。他听到了子弹切过空气的声音，看到了飞扬的尘土中出现了一头熊的侧影。他听到有人在咒骂，然后是拉动枪栓的声音，威尔看向那头小熊，它正在闻着被子弹击中的位置，仿佛这只是威尔为他准备的一场新的游戏。

威尔又转过身，他看不到山上的那些人，但可以听到他们的声音。他很确定他们正在对熊开火，想要杀死它。威尔最后一次看了看他的小屋，但太阳已经变得越来越低，光线暗淡了下来。

现在，他知道自己不是目标。他坐了下来，从肩上取下步枪，安全地向前推进。接着，他将瞄准镜放到了眼睛前面。他看到第一枪溅起的石头和泥土落在了熊的鼻子上。现在这头熊坐在小山下面注视着威尔，好像知道威尔背叛了它似的。威尔退出弹壳，将另一颗子弹上膛。有人在山下说话，笑着、聊着。现在他们在叫威尔，但威尔没有去听。他们再次举起步枪，瞄准熊，让十字准线落在耳朵那里，扣动扳机。他看到子弹在熊的耳边嗡嗡作响，让它跑了起来。

熊来到了草地另一侧的树那里，停顿了一下，回头看了看。威尔透过瞄准镜观察着它。他看着熊嗅着空气的气味,它的眼睛徘徊在威尔和从山上走过来的人之间。又一次枪声响起,威尔无法分辨子弹是否击中了目标。他只看到熊跳了起来,就像从来没有待在那里一样,它消失了,从可见的世界消失在了小溪边黑暗的丛林中。

威尔转过身来,看到约翰·席德在草丛中移动,手里拿着一把带着木质枪托和枪栓杆的步枪,枪筒上冒出的灰色烟雾像一条蛇一样弯曲着飘过他的肩头。他的手下,包括朗尼,都跟在后面。所有人都带着武器,他们散开走了过来,将威尔围在了草地上,他自己的雷明顿步枪紧贴在他的腿上。

"你是一个喜欢危险游戏的人,"约翰走上前,"我记得你过去常常喝酒,我记得你刚来的时候是什么状态,当时你要求我们帮助你。威尔,你还是那样的人吗?"

"不是了。"

"威尔,很高兴听你这么说,真的。有那么一瞬间我觉得你仿佛已经忘了。"

"为什么这么说?"

"比如说,也许你正试图与那些可能会杀死你的獠牙交朋友。"

威尔将他的目光从约翰转到朗尼身上,接着他又看看约翰,并问他们是否在坑里找到了熊。

"这就是我们来这里的原因。"约翰说,"朗尼提议的,他说你什么都能跟踪到。真的吗?"

威尔再次将目光转向朗尼。"自从你们把我安置在这个地方,我差不多抓到了所有四条腿走路或爬行的东西。你要来这里找什么?"

"我们遇到了一些情况,希望你能把这个问题解决掉。你觉得你能为我们找个人吗?"

"一个什么人？"

"一个失踪的女孩。"

"这就是你的请求吗？我可不是什么侦探。"

"我不是要你成为侦探。我是问你能不能在林中找到她，然后把她带过来。"

"你在请求我去追捕一个人吗？"

"我并不是在请求。"约翰笑了。

第二章

我曾在旷野中迷失方向。了解旷野之后,我也开始变得狂野。从这片旷野中,我得到了重生,我不仅仅是一个人,还是一只动物。我浑身充满了猎物的血液,内心狂野,体内有着一种反抗所有敢于侵犯我的人的权力欲,还有我称之为故土的旷野。

——蒙大拿州希望郡,伊甸之门圣父

沿着断掉的树杈和扁平的叶子铺成的小路，威尔半走半滑地沿着斜坡向下前进。那辆卡车就在下方十五米处的路边。他只能看到轮胎的下半截，传动轴从前到后穿过金属底盘。他背着背包，戴着帽子，还拿着那把用来打猎的枪。之前上山的时候，威尔把枪夹在两腿之间，坐在副驾驶位置上，约翰说，他觉得那女孩走了那条路，以及为什么选那条路。

"你明白吧？我们想要帮助她。"

"你想找到她就是为了这个？"威尔问道。

"就是为了这个。我们想救她，为她提供一种全新的生活方式，就像我们曾经提供给你的一样。"

威尔望着副驾驶的侧窗外。他把双手放在步枪上，看着路边树木和植被模糊地闪过。一头鹿站在路边，从旁边经过的时候，威尔盯着它，一直盯着它，然后道路拐了个弯，鹿也从视野中消失了。威尔的目光落在了卡车货厢的一块油布上，油布被掀开了一个角。

"后面那是什么？"威尔问道。

约翰瞥了一眼，看了看威尔说的是什么，说："我大哥雅各一直在追踪附近山中的狼群，那是他用的设备。"

威尔想看看布下面到底藏着什么，但那块油布一直在动。

"原理很简单，"约翰说，"抓住一头狼，给它装上信号标记，然后把它放了。接下来就可以利用标记来对它进行追踪了。这样你能找到的就不仅仅是一头狼，而是一群狼了。我们需要你去追踪玛丽·梅也正是这个原因。我们需要把她带回来，我们需要让她看到，她是某种更伟大的计划的一部分。我们需要她能够像你一样，像我一样，去相信我们可以帮助这个镇的所有人，帮助他们了解，如果他们团结在一起能变得多么强大。"

"这样有用吗？"

"威尔，你比我更清楚。你是一名猎人，猎人总是使用他手上最好的工具。"

威尔想起了约翰说过的话。他滑过了剩下的那十五米，在皮卡前轴那里停了下来。朗尼小心翼翼地从后面跟了过来，利用醋栗树的细枝条控制着自己的速度。卡车从上面往下开的时候，肯定也撞过了这些树枝，树枝起到了一定的缓冲作用，这样车子才能停在下方一两百米处的斜坡上。

根据目前的情况，他们看起来并不想拯救那个女孩。而威尔也已经看过之前的洗礼和他们称之为拯救的过程。

他转到了卡车尾部，观察着车子的损坏情况。前挡风玻璃已经开裂，金属侧板上有着新鲜的刮痕，其中一盏大灯碎了。威尔将身子撑在保险杠上，稍稍晃了晃车身。冲下来的时候，这辆卡车并没有直接压过这些醋栗，撞在远处的松树上，威尔觉得这是非常幸运的。他站起身来，低头看了看驾驶室，副驾驶一侧的窗子已经完全消失了，地板上散落着在车身的重压下掉落的树枝和树叶。威尔没有看到血迹，然后就回到了斜坡上，仿佛是第一次见到这辆车似的，又把它打量了一番。

朗尼跟了过来。威尔说："我认识这辆卡车。"

"我知道你认识。"

"我们这是在做什么？"

"拯救遇难少女。"朗尼微笑着对威尔说。

"遇的什么难？"

"永恒的诅咒，"朗尼说，"和其他所有人一样。"

威尔最后看了朗尼一眼，然后朝着卡车走了过去，来到了车子后门那里，问："他们是说她往北走了吗？"

朗尼来到了这边。他背着背包，走路的时候轻轻向斜坡倾着身子，伸出一只手保持着平衡。"她走了这条路。"朗尼指着厚厚的绿色树丛间的一处缺口，那可能是一条兽径，但在胸口的高度上也有几根断枝。

"有人跟着她？"

"他们尽力跟着她。他们说，钻进这片树林之后，她就变成了一只该死的山羊。"

威尔转过身来，回头看着坡顶处的两辆教会的卡车。约翰看着他们。威尔问道："约翰是怎么对你说这件事的？"

"他只说我们应该找到她。他说梅说了一些关于教会的谎话并且一直在镇上捣乱，想要让警长调查我们所有人。"

"有什么东西需要调查吗？"

朗尼耸了耸肩，说："你认识她，对吧？"

"我认识她。我还上学的时候，和玛丽·梅的父亲是同学。"

"那么你就应该知道她会怎样做。"朗尼说。他抬头看看约翰，又回头看看威尔。"我们最好开始行动，约翰把我们两个带到这里并不是为了让我们聊天的。"

* * *

玛丽·梅用细细的刺柏撑着身子，沿着干燥的滑槽边缘往上爬。不久前，她走出了森林，来到了一片空地上。她喘着粗气，汗水顺着衬衫内侧往下流着。西垂的太阳就挂在身后，她能感受到来自背后的那股热量，很温暖。挂在腰上的点38有一种金属质感，显得十分沉重。她跑出来的时候，只带出了这把枪和一件连帽拉链运动衫。

差不多五个小时之前，她就甩掉了约翰他们。现在，她正伴着微风向上爬，风里有一股碎石头和融冰的气味。风吹在宽松的衬衫上，还把几缕头发在她脸上乱飘。

她站在山脊下面，将点38放在身侧，从小溪中舀出一些水，洗洗脸，润湿头发，还搓了搓脖子后面。接着，她捧起水来喝了一口，站在那里等了一会儿，看着周围摇摆的树叶，希望他们没有追上来。

一时间她觉得很满足，坐在一块大石头上，脱下了身上的牛仔裤，检查了一下臀部在车门上撞出的黑色瘀伤。这块瘀伤是紫黑色的，四分之三在大腿上，一直延伸到内裤线下面，沿着她的身体向上。身体的其他地方也有划伤，有些是卡车冲下道路的时候留下的，还有一些是被灌木划的。今天，她差不多一直在灌木间穿行。

她曾经考虑过往大路那边走，但很快就抛弃掉了这个想法。她知道约翰在那边，正在找她。从翻覆的卡车里跑出来之后，她一直在树林中穿行，同时也能听到后面有人穿过灌木的声音。她知道那些人不是来帮她的。

二十分钟之后，她开辟出了一条通往东面的通道，躲在了一棵倒在地上的大杉树后面。大片的树根仍然紧紧抓着曾经包裹它的岩石和泥土。她沿着树干往前走着，低着身子。等走到树根和泥土抱成的球那里，她回头看了看山下。约翰和他手下的几个人站在离这里不到三十米的地方。所有人都带着武器，蓄着胡须，文着文身。他们正在搜索四周的树林，希望能够确定要沿哪条路继续搜索。

她的手里握着点38，感觉自己呼吸的声音似乎大得前所未有。她知道那声音其实很轻，但恐惧让她觉得那声音更大了。

"玛丽·梅，"约翰扫视着周围的树林，"无论你在哪里，出来，出来吧。"这段话他差不多是唱出来的。现在，他正往这棵被风吹倒的冷杉的方向看，但他的目光并没有停留，而是继续扫了过去。

"我们不会伤害你的。"约翰往前走了几步。玛丽·梅看到了他手上那把巨大的左轮手枪,一开始还在那只手上,不知怎么又跑到另一只手上去了,就仿佛那是某种探测杖,而她是珍贵的水。"没有人希望事情再继续这样发展下去。"

玛丽·梅没有动,看着他又走了几步。几名手下已经走到了前面,而他还在四处搜寻着。森林投下的阴影聚集在他的周围和上面巨大的树冠上。

"你出来吧,我们会带你去见你弟弟,会带你去伊甸之门。我们可以成为你的朋友,可以成为一个幸福的大家庭。你,你弟弟,我,圣父,其他人,所有听过他布道的人。"

她看着约翰,一直看着他走到树根后面,消失在视线外。接着,她沿着树干向后移动,跟了上去,偷偷观察着他要去哪里。他跑得很快,但她从上面摔下来的速度也很快。她的手里仍然握着点38,脸摔在森林潮湿的地面上。等她再抬起头,发现他又往前走了几十米,正向手下们所在的那个方向赶过去。玛丽看着他,直到再也看不到为止,然后跑开了。

几个小时后,她来到溪边休息。又过了一个小时,她爬上了滑槽,来到了一处空地,低矮的刺柏能够挡住她。现在,她抵达了山脊顶端,站在那里俯视着一切。对面是一座陡峭的悬崖,走近一些,她注视着黑影覆盖的深渊,这里离下方的地面有一百米左右。

玛丽·梅爬上山脊,希望能规划出下一步的行动,但面前只有不断向前延伸的森林和群山——弟弟就在那边。根据她的了解,伊甸之门的位置就在远处湖边的某处。千年之前,那里曾经受到过冰川的侵蚀,水很深,围绕着湖泊的群山一直将山体延伸到蓝绿色的水中。但那里距离她现在的所在地很远。她朝着自认为是伊甸之门的那个方向看了过去,目光扫过她站的这处山脊,一直来到了远方的河谷。

在她所站的这处斜坡对面四千米的地方,有动物在山间移动,仿佛一个个小白点。起初,她以为那是一群山羊或绵羊,她仔细观察着周围草地,看到一名男子从森林边缘走出来,站在那里望着这些羊,然后又回到了树下。

在接下来的五分钟时间里,她观察了一下周围的环境,走下了一条沿山脊方向行进的小路,接着发现一条小小的坡道通向下方的河谷。

* * *

威尔与冷杉粗壮的树干和树根抱成的球保持着一两米的距离。他转圈观察着周围所有的痕迹,看着她是怎么单膝跪在地面上的。凹陷的边缘显出她有进行轻微的移动,他猜测她藏在树干后面,然后动了一下,想看看是不是有人追了过来。

"她都说了些什么?"威尔问道。

朗尼转过头看了看,然后站在了威尔让他站的那个地方。

"她对镇上的人说了什么?她为什么会来这里?"

"一些丑事,"朗尼说,"她说我们是凶手,说我们隐瞒了一些东西,保守了一些秘密。"

"这是真的吗?"

朗尼把目光停在了威尔身上。他露出一副半笑不笑的表情,然后回头看着他们来时走过的路,就仿佛约翰依旧可能站在那里似的。"我们没有做任何没必要去做的事情,你也见过洗礼的过程。"

"我确实见过,但是我记得兄弟们刚从佐治亚州来到这里的时候,洗礼仪式并不是这样的。"威尔说。

"圣父想要剔除恶兽。他希望将我们当中的弱者与强者区分开。"

"玛丽·梅是哪一种人？"

"你认识她，对吧？那你觉得呢？"

"我认识她和她的家人，"威尔说，"但那是很久以前的事了，当时我还没有来伊甸之门。我在伊甸之门见过她的弟弟德鲁，但是他加入之后，我没有和他说过几句话。他受洗的时候我不在现场，我并不了解现在的他。小时候，德鲁似乎非常崇拜他的爸爸加里，像个小跟屁虫似的一直跟着爸爸，但是加里反对伊甸之门。我想德鲁已经和以前不一样了。"

"是的，"朗尼说，"情况变了。从我来这里开始算起，情况发生了很大的变化。一开始的时候，约翰邀请我到这里来，告诉我这里到处都是牛奶和蜂蜜。"

"但并没有那些东西，对吧？"

朗尼环顾四周的森林，看着倒掉的冷杉树。"你看这里像有牛奶和蜂蜜吗？"他说，"你觉得找到她还要花多久？"

"我会尽力寻找，但这并不意味着我们肯定能找到她。她可能会下到河床上，也可能踩着石头前进，不留下任何痕迹。我们确实是在找她，但也可能找不到她。"

"她走了哪条路？"

威尔抬起头，把目光从树干上移开，扫过林间。"她往这边走了，似乎是跑过去的。"

"你可以看出所有的这些事情？"

"看这里脚步的间隔，"威尔站起身来，指着其中几个脚印，"想要赶上她并不容易。"

"就这样吗？"

威尔向前走着，双眼盯着地面。他跟着玛丽·梅走过的小径穿过森林。褐色的针叶到处都是,有些被她踩过,有些被她的鞋尖碰到了一边。

上次见到她的时候,她还没有成年,刚刚能在酒吧工作。但那是很久以前的事了。威尔来到教会,将自己的灵魂交给圣父,与之前的熟人切断联系,从那时算起,时间已经过了很久。

* * *

那对父子刚吃完晚饭,玛丽·梅就出现了。他们待在树下,篝火和锅在旁边。其中一个人起身和她打招呼,然后朝她走了过去。她也打了个招呼,看着他们站在了那里。太阳已经落到了西边的树林里,很快就要消失了。那个人用西班牙语对她说了几句话,示意她过来坐下来和他们一起吃饭。

这两个人是一位父亲和他十几岁的儿子,邀请她一起吃晚餐的那位是父亲。火上的煎锅里正在热着玉米饼,另一只锅里炖着切得厚厚的肉、豆类和香料。那种香料闻起来仿佛来自另一个世界,馋得她口水直流。他们给了她一只碗,还有几块玉米饼,看着她坐在那里开始吃东西。等她吃完了一块玉米饼,拿起下一块蹭干净了碗边时,那个男人对他的儿子说了一句话,接着儿子用英语询问玛丽,她怎么跑到这里来了。

"我正在寻找我的弟弟。"她说。

儿子把这句话告诉了他的父亲,然后转过身来看着她说:"他走丢了吗?"

"也可以这么说。"玛丽说。羊群正在高处的草甸上吃草,她望着它们,目光扫过整片原野。她希望在光线消失之前将一切收入眼中,她记下了北方的一处峡谷,自己似乎是穿过那里才过来的。她把目光收回到了火上，看着坐在篝火旁的牧民，询问伊甸之门教会离这里有多远。

"你要找的人在教会？①"那位父亲转过头，看着她，"教会很坏。"

玛丽·梅看看父亲，又看看儿子，等待男孩的翻译。

"他说教会很糟糕，"儿子说，"他们已经和我们的雇主谈过许多次了，想把雇主赶走，让他放弃羊群，让他用他们的方式思考。"

"他们对很多人都做过这样的事，"玛丽·梅答道，"他们也想要这么对我。"她用余下的玉米饼卷起最后一块炖肉，放进了嘴里。

"他们有时候晚上会来，把羊带走，就像狼一样，或者说更像小偷。如果我们的雇主一直在丢牲畜，一直在损失原本可以通过卖牲畜挣到的钱，他将别无选择，只能收下他们提供的那几毛钱，把牲畜交给他们。"

"我也是一样，"玛丽说，"他们不让我在秋末镇经营酒吧。他们切断了我和许多经销商的联系，把其中一半的人都吓跑了。"

"他们想要的东西太多了，"男孩说，"他们认为一切都属于他们。但这片土地不属于任何一个人，它属于所有人，属于羊群，所有人都应该可以以自己喜欢的方式穿过这片土地。"

玛丽·梅看看儿子，又看看父亲，感谢他们让她吃晚饭，接着站起身来，把碗还了回去。

"你要去哪里？"父亲问道。

"去找我弟弟。"她说。

"他和他们在一起？"

"是的。"她可以看到对方在思索。接着,那位父亲站起身来问她是否想留下来。他说还有一条富余的毯子,欢迎她使用,还说天很快就要黑了,希望她不会迷路。

　　说完他转身又回到了树下,随后骑着一匹杂色大马出现了。他用脚跟一踢,马小跑了起来。一支步枪插在他身边一副老旧的皮革刀鞘里,玛丽·梅看到枪托的木头已经磨损得很厉害了。她看着这位父亲走远了,然后转头看着他的儿子,她的目光中带着疑惑。

　　"步枪是为了防狼,什么狼都要防。"

　　"情况变得这么糟糕了?"

　　"很难说。若你没有牵涉其中就很难说,你必须做出决定。我不确定情况有多糟糕,但我真的不能说。时间会说明一切。"

　　"你父亲呢?"她问道。她望着马上的骑手,黑色身影穿过灰蒙蒙的光线,羊在他身边移动着,不断避开,就好像那匹马是一艘正破浪前行的船。"他会开枪吗?"

　　"他会在夜幕完全降临之前去看看羊。"儿子开始清理那口大锅,用水和一块布洗刷着,"他是位牧民,他一直在做牧民。他们拿走他的牲畜就是拿走他的性命,你懂吗?"他继续刷着锅,接着又抬头看看玛丽·梅,他问道:"你的弟弟是信徒?"

　　"我不知道他是不是,"她答道,"我已经不认识他了,我已经有段时间没见过他了。"

　　"我们有时会听到一些声音,"男孩说,"我们会听到他们的吟唱或是歌声,会听到树林里的声音,或者会看到他们生起的火焰。有些人是信徒,有些人不是。最恶劣的正是这些人,因为他们觉得自己进入了一个靠上帝的慈悲定义的世界,但是他们所在的地方并不是上帝的所在之处,而是罪人聚集之处。圣父的话和上帝并没有什么关系,这只是用来奴役他们的工具。"

她站在旁边看着这个男孩,然后转身看着他的父亲在高处的牧场上把羊赶到一起。她转身回到男孩身边,说:"你是个有见识的孩子。"

他刷完了锅,放在一边,又开始刷碗和盛肉的大勺子。"我们住在这里,并不代表我们对镇上,以及这个镇其他地方发生的事情一无所知。有时候当局者迷,旁观者清。"

* * *

黑暗降临的时候,他们已经来到了山脊脚下。两个人从威尔的包里拿出了一些东西吃,生了一堆小小的火,威尔看着树枝和小木片在舞动的热浪中消失。朗尼卷了一支烟,他告诉威尔,希望明天就能找到她。

威尔说他也希望如此,但是不确定把她带回来对她,或是对教会有什么好处。"她不是信徒,"威尔说,"她的家人一直憎恨教会,我觉得把她带来也不会改变这一点。"

"把她控制住比让她乱跑要强。"朗尼点燃了香烟,坐在那里抽了起来,"在这之前她和警长谈过。"

"她都说了什么?"

"全部都不是事实,"朗尼说,"但她在怀疑圣父和教会,我觉得约翰就是无法忍受这一点。"

"在她小的时候我就认识她,"威尔说,"那时候她也是个坚强的孩子,我不认为她会有所改变。"

"我们会知道的。"朗尼抽着烟,看着火焰,抽完之后,将香烟轻轻扔进火堆中。五分钟后,他睡着了。

威尔看着那堆火,他用从附近找到的石头搭了这堆篝火,现在只剩底部一块白亮的煤还闪动着火光。他想起了那只小熊，想起了当时他有多想拯救它，但最终还是失败了。

很长一段时间以来，这是他第一次梦到女儿。她一直喜欢让威尔坐在床边，否则她就不会睡觉。小的时候，如果她醒来发现椅子空了，威尔又不在，便会开始尖叫。威尔梦见她闭着眼睛躺在床上，但头脑仍然清醒。

"你不会离开我吗？"她说道。

"不会。我会坐在这里。"

"就算我睡着了，你也会待在这里？"

"对，"他说，"我会待在这里，我会陪着你，永远不会离开。"

"妈妈呢？"她问道。

"她怎么了？"

"谁去陪着她？"

"我啊。我会陪着你们两个。"

"你陪着我的时候也陪着她吗？"

"对。"威尔说。他看着女儿，听着她的呼吸声，直到她呼吸的声音变了，沉沉地睡去。威尔坐在那个曾经属于她的旧房间里，坐在他和妻子的那座位于峭壁之上的房子里。在梦中，他可以透过卧室的窗户看到外面的风景，那里有一个巨大的金色字母，就像收割前的田野上的干麦子似的。

威尔从椅子上站起来，走出了房间，关上了门。他站了一会儿，知道女儿在那里，很安全地活着。现在他要去找妻子了，但却找不到。他站在厨房里，望着同一片田野。现在天已经黑了，什么都看不到，只有他自己在玻璃上映出的影子，威尔觉得房子已经变了。身后的世界在玻璃上映出影子，但很多东西都已经不见了。

威尔刚从窗前转过身,就听到女儿的尖叫声,她正在呼唤他过来,她就像还是小女孩的时候那样会突然惊醒,发现自己孤身一人。

威尔就在门前,就仿佛门在那里等着他似的。但每次他转动门把,门都不会开,威尔可以听到女儿在尖叫,问他在哪里,怎么还不来。他不停地扭动着门把,但一点儿用也没有。他毫不怀疑地认为,自己无法阻止事情的发生,即使当时他在家里,也没法帮助她。

威尔突然惊醒,不停地咳嗽起来。距黎明还有一个小时,但他可以看到东方渐渐聚集的光线。他伸出手捂住了嘴,肺部仿佛被不停撕扯着,胸中有什么东西在搅拌,然后掉了出来。威尔把那东西从嘴里吐出来,坐在那里盯着它。黏液又黑又难闻,落在地上就像泥里面的某种前寒武纪生物一样。

一小时后,他依旧醒着,只是躺在那里向上看,太阳在天空追逐最后剩下的几颗星星。他身旁的地面上有一摊干掉的黑血,就像一摊黑乎乎的沥青,可能是从体内的溃疡之类的东西里流出来的。

* * *

早晨,男孩伸出手搂住玛丽的肩膀唤了醒她。看到她睁开眼睛后,男孩向篝火退了一步,坐下来搅拌着锅里煮着的那些东西。他的父亲坐在旁边,就仿佛他们从未离开过一样,仍然穿着同样的衣服,坐在同一个位置上。

"梦话。"父亲说。

玛丽摇摇头,表明自己不明白,然后看着男孩,等待着。

"你睡觉的时候说梦话。"男孩说。他拿起了勺子,从锅内捞出了一些黑色的液体,倒入一只碗,递给她。玛丽抬起头的时候,他已经回到了火边。她嗅了嗅碗,吹了一下,用嘴唇沾沾那液体,尝了一下。

"咖啡吗？"她问道，"谢谢。"

"不客气。"父亲说。男孩点点头，又舀了一勺，倒给了父亲，然后又给自己倒了一些。

喝完这碗咖啡，她看到了碗底的咖啡碎末。她想起了那些西部牛仔的故事，来酒吧的老人会根据杯底的咖啡碎末预测未来。虽然盯了一分多钟，但玛丽什么都没有看出来。于是她站起身，把碗翻过来，用手清理着里面的碎末。

玛丽的大腿上仍然有蹲在树林里时留下的伤痕。她用手抚过伤痕，按住它们，感觉着皮肤的柔软。伤痕是紫色的，边缘处变成了蓝色或黄色，抚摸过之后，她提起裤子，扣上扣子，从树下面走了出来。

男孩已经备好了马，正在等她出来："你要去找你的弟弟？"

"我要去试试。"

男孩伸出了手。"我可以带你到山脊那里。"他说，"到教会还要走几千米，你能看到那边冒出的烟。但我还是觉得这是个坏主意。"

玛丽看着他，然后拉住了他的手，坐在了他的后面。男孩的父亲上前一步，他托着那把镀铬的点38，就仿佛那是某种贡品。

"它在你的毯子里。"男孩低头看着父亲手中的枪。

她看看那位父亲，又看看那个男孩，谢过了他们，接过了左轮手枪。"这是我父亲的。"然后她意识到她知道这句话用西班牙语怎么说，于是她说道："我父亲的。"

"那你父亲去哪儿了？"

"去世了，因为一场车祸。"

父亲咂咂嘴，摇摇头，表示哀悼。

男孩把她带到马上，两人一起穿过田野，玛丽·梅抱着男孩的腰，羊群在他们面前分开，就像风暴中海面上的白浪。

等玛丽回头再次望向那处小小的营地时,她能看到的只有慢慢升起却正在消失的烟雾,男孩的父亲又为新一天的生活做起了准备。

男孩爬上了山脊,骑着马,七拐八拐地沿着一条小路前行着,玛丽·梅看出这条路曾被人走过。来到山脊顶端,男孩滑下马鞍帮她从马上下来,他对着下面的山谷,指出了教会的位置。她需要穿过山谷,越过几座小丘,蹚过湖面,然后继续前进,走过所有可以用肉眼看到的地方。

"你弟弟就是你的一切,对吗?"

"是的。"玛丽说。

* * *

威尔在滑槽那里失去了玛丽·梅的踪迹。有好几次,他不得不往回走,重新找到那些痕迹,再继续前进,然后继续失败。来到山脊上之后,他认为这样已经行不通了,迎风面的岩石上什么痕迹都没有。

他走到山脊边缘,俯视下方的山谷,大片的岩堆和碎石散落在斜坡上,一直延伸到远处的河谷里。脚印消失在了莎草中,远处,他能看到的就只剩树林和灌木笼罩下厚厚的黑暗了。

回来之后,他沿着相反的方向走过山脊,白色的羊群在他对面的山地上移动。它们在高高的山上,一名骑手在其中穿行,羊群分开让骑手穿过。

"我要去那边。"威尔说,"若是在寒冷的天气里迷路了,我会去有人的地方。"他望着朗尼所站的地方,指着骑手和羊,接着拿起步枪,让瞄准镜扫过原野,然后把步枪交给朗尼。"那里有两个人,"威尔说,"没看见玛丽·梅。"

朗尼透过瞄准镜看了好一会儿,然后把枪还给威尔,说:"你要去那边？"

"我要去那边。"威尔说。

上午他们已经过了河爬了山，进入了那片原野。前进的路上羊群就在他们周围移动着，两名牧民站在那里看着他们走过来。

"上午好。"其中那位年龄较大的说。他从熄灭的篝火那里向这边走了几步，看着往这边来的人。

威尔抬起一只手，回应对方的问候，然后回过头来问朗尼："你会说西班牙语吗？"

朗尼摇摇头。他看看两名牧民，然后再看看威尔。"我认识的墨西哥人都在监狱里，我觉得他们还是待在另一个国家比较好。"

威尔望着那个男人："你会说英语吗？"

那个男人回头看看男孩，威尔看出那肯定是他的儿子。儿子站在那里看着他们两个，摇了摇头。

"我们正在找……"威尔想要说些什么，但又想不起来该怎么说。从战场回国之后，有几个夏天他曾在东部的田里工作，但那是很久以前的事情了，即便如此他也没学会几句西班牙语。"我们正在找某个人。"他对周围世界露出了一个茫然而又有些徒劳的表情。

父亲又看看那个男孩，男孩耸耸肩。

"他妈的这些人不知道你在说什么。"朗尼说。他走到了火堆旁，低头看着烧黑的石头。"问问他们有没有吃的，还有酒。"他看着威尔，甚至没有费心去问那位父亲和他的儿子。"如果我们得为约翰和教会的其他人带回去一点儿东西，我会杀头羊。"

"教会？"父亲问道。他抬起一只手摸摸下巴，然后比画着威尔和朗尼留的那副长胡子，伊甸之门的男人都留着这种胡子。

"是的，"威尔说，"教会。我们俩都是教会的人。"他指着朗尼，然后把手放回胸前。"教会。"

"跟他们要点儿吃的。"朗尼又说。他已经开始在这处小营地周围四处走动,用脚尖踢着营地里的各种东西。在这个过程中男孩始终盯着他。

"见鬼,问他们是否有酒?也许我们运气不错呢。"

威尔将手伸向他的嘴巴。"食物?"他问道。他在和父亲说话,但目光却转向了儿子。

"没有。"父亲说。

"没有?"朗尼说,"跟他们说,他们很无礼。"朗尼在对威尔说话,但却看着站在一米外的男孩。

"你们真他妈的无礼,"朗尼说,"知道吗?你们是哑巴吗?"朗尼俯下身子,看了一眼树下,然后往拴马的地方走了过去。"我要带走他们的马,带走他们的羊,然后他妈的骑马离开这里。我不管了,不管这是在做什么。"

那男孩走了过来,站在朗尼和那匹马之间,他的手里拿着一把小刀,在他面前把刀举到腰际。

朗尼举起双手,然后转身望着威尔和那位父亲,半笑不笑的表情蔓延到了他的脸上。威尔甚至没有看清接下来发生的事情,太快了。他只看到男孩的鼻子流着血,朗尼站在他身旁,他的一只靴子踩着男孩拿着刀子的手。

父亲转过身,但站在他身边的威尔瞪了他一眼,把他摔倒在了地上。威尔卸下了肩上的步枪,指着正在从地上爬起来的父亲。枪栓的声音让男人停下了自己的动作。

男孩想要用另一只手拿过那把刀,但是朗尼弯下腰,猛击他的肋骨,随后把刀子丢到了一边。男孩喘着粗气,想要平复自己的呼吸。

"都停下！"威尔看着站在那里的朗尼，看着那个男孩，看着这一切。"他只是想要保护他的东西。"

"他有什么？"朗尼问道，他的声调越来越高，"他有什么？"他离男孩有一步的距离，转身飞起一脚踢在了还躺在地上的男孩身上。男孩喘着气滚了一圈，想要用手撑着身子站起来。

"停下。"威尔又说了一遍。他看到朗尼脸上出现了疯狂的笑容。

男孩努力想要站起来，但朗尼又踢了他两脚，让他滚到了远处。朗尼追了过去，一脚一脚地踢着，一边踢一边喘着粗气。"他们什么时候能学会？他们什么时候能去学一学他们应该知道的那些东西？"他这样说着，"他们的就是我们的。他们觉得他们比我、比约翰还懂，觉得他们可以闭上眼睛不去看这个世界。"他又踢了一脚，然后弯下腰，抓住男孩衬衫的领子，把他拉了起来。朗尼一只手拽着男孩的领子，另一只手狠狠地打他。

威尔打定主意不能任由事情继续这样下去了，他立刻来到了朗尼身边，拽住了朗尼。威尔把枪顶在了朗尼的下巴上，他一只手托着枪托，另一只手抓着枪管，让朗尼喘不过气，并把他拖出了营地。"你会杀了他的，"威尔说，"冷静点儿！快他妈冷静下来！"

父亲已经站了起来，他在儿子身边俯下身子，威尔可以看到男孩的动作非常慢。他被重重打了一顿，但仍然活着，仍然清醒。威尔把朗尼拖得更远了，他可以感觉到朗尼开始放松。他放下了顶在对方脖子上的枪，问朗尼他是否能冷静下来。

威尔把他放了下来。朗尼站在那里摸着自己的脖子，望向营地那边，父亲仍然跪在那里，想要帮助他的儿子。

"这里没有别人。"朗尼说。

"那你也不能杀死他们。"

"你也看到,我说到教会的时候他们是什么反应。"

"我看到的是我们威胁要拿走他们的东西,而他们做出了反应。朗尼,你需要冷静下来,需要思考。"

他仍然揉着自己的喉咙,看着威尔。"他们也该知道现在是时候了,他们应该知道他们要迎来什么了。"

"你在说什么?"威尔问。

"一切即将结束,他们可以帮助我们,获得拯救,也可以反对我们,与其他所有人一起被烧死。"

威尔看着朗尼,不知道该说些什么。"你他妈的是个疯子。"威尔终于说出来了。

"不,"朗尼说,"我是一位幸存者。所有人都坐在方舟里,而其中有些人还不知道这一点。"

威尔看看朗尼,又看看跪在那里安慰着儿子的父亲。威尔走了过去,父亲转过身,举起了一只手掌,对威尔说道:"她去了教会,那边。"他伸出手,指着威尔身后山脊。

威尔转身看了看,想要说些什么,却发现无论说什么也不会改变目前的状况。这里发生了某种他无法理解的事情,他看看朗尼,然后抬头望向了山脊。

* * *

鹰再次飞过,它转了个弯,乘着热气流开始上升,在草地上投下了自己的影子。现在,玛丽·梅正在山谷底部广阔的原野上,她抬头仰望天空,想要找到鹰的去向。

尽管在某种程度上,她已经知道,目前正在进行的尝试已经没有了真正的意义,也没有了希望,但她仍然在前进。现在,她正沿着男孩指给她的方向走着,在脑海中反复思考男孩所问的问题。

"你弟弟就是你的一切吗?"

德鲁比她小三岁,他和他们班的同学是这里的高中关闭之前最后毕业的那批学生。那时候她刚刚开始在酒吧工作,她每天都一如既往地完成自己的工作,基本不去想他,只是偶尔一起吃个饭,或是去父母家的时候见见他。玛丽一直没惹过什么麻烦,为家里的酒吧攒着钱,也一直在帮助父母。

有一天,弟弟进来告诉她,他要去参军了,很快就要离开。玛丽不知道该说什么,她意识到很长时间以来,从他们还是孩子的时候算起,自己从来没有跟弟弟聊过天,也从来没有想过和他探讨什么有深度的问题。

玛丽继续前进着,思索着那位牧民男孩接下来问了些什么。她想起了他问过的问题,比如找到弟弟之后要怎么办,又想如果她发现弟弟已经不是她想象中的那种人要怎么办。

"我希望你对他来说也像他对你那么重要。"男孩说。他掉转马头,冲她点点头,然后沿着来时的路走下了山脊。

* * *

威尔和朗尼一起爬上了山脊。他们沿着地上留着马蹄印的之字形的小路前进,但大多痕迹都被莎草和绵羊的粪便覆盖了。

威尔回过头,羊仍然在那边,但他没看到树下的营地。两人离开之后,他没怎么对朗尼说话,但可以听到朗尼不时在抱怨,抱怨说如果他们打算赶上玛丽·梅,至少应该带走那匹马。

"这是怎么回事?"威尔问道,"为什么他们要反抗我们?"

"一直都是这样的。"朗尼说。

"当初他们找到我以后，为我找了个地方。我很感激，而且我也没有被强迫做什么。"

"那时候事情还很单纯，"朗尼说，"现在一切已经不再那么单纯了。我们的人越多，愿意听圣父讲道的人也越多，我们就会变得更好。"

"你的样子就像明天世界末日就要降临了似的。"

"可能不是明天也不是后天，但这并不意味着末日不会降临。你我这样的人会活下来。"

"我们是什么样的人？"威尔问道。

"我们是做那些他们需要做的事情的人。"

"如果这意味着要压迫其他人，那我宁愿不做。"威尔说。

"你和我，"朗尼说，"我们看待世界的方式不同，但本质并没有什么不同。"

"我们都有自己的目的。"威尔抖出了朗尼在空荡荡的克肖农场说过的话。

"没错。"朗尼说，"约翰总是这么说，我们都有自己的目的，我们都必须为教会尽自己的责任。"

他们来到山脊的顶部，威尔觉得这处山脊很像早晨翻过去的那个。一边是一个相对平缓的斜坡，而另一边，也就是他们现在站的那边，仿佛是被从天而降的一只手从岩石上舀出来的一样，陡峭、危险而凌乱，岩块和碎石会从他们站的地方掉下去。

威尔停下了脚步，低头看着谷底。他等朗尼走完最后几步，站在他的身旁，然后从肩膀上拿过了步枪，将瞄准镜的盖子翻开，放在了眼前。下方是一道宽阔的山谷，铺着莎草和六月草。威尔的视线在草地上扫过，就在他刚要移开视线的时候，他简直无法相信自己看到了玛丽·梅。

玛丽正走在原野中央，再有四百米左右她就要走进远处的树林里了。他再次将瞄准镜放到了眼前，对着她。然后再次拿开了瞄准镜，低头看着田野。玛丽只是下方的一个小小的点，要是用肉眼看的话很容易就错过。

威尔没有把目光移开，他把枪交给了朗尼。"看看吧。"威尔说。他看着下方那个小小的身影。一只鹰乘着热风在上面盘旋，本身也是一个小点。"你看到那里的鹰了吗？用瞄准镜对准那里，然后一直拉到草地上。"

威尔看着朗尼找到了鹰，把瞄准镜下移之后，朗尼也看到了玛丽·梅。

"约翰会很高兴的。"朗尼说。他把目光从瞄准镜那里移开，看着威尔。就在此时，有一支步枪开火了，但并不是朗尼手中的那支。

威尔转身往声音传来的地方走去，枪声是从他们刚刚上山时的地方传来的。步枪再次开始射击，他听到枪声和回声从山谷的一侧传到另一侧，混在了一起。然后威尔开始听到更多武器射击的声音，自动步枪连续的枪声，以及爆炸版猎枪的枪声。

起初他还以为这是牧民和他的儿子跟着他们，或者采取了某些报复行为。但是现在，威尔回头看着绵羊和下面草甸上散落的石头，发现牧民已经开始朝着五名往威尔和朗尼这边走过来的男子开枪。

约翰·席德带着几个人冲入了羊群，绵羊涌动着，仿佛汹涌澎湃的白色旋涡在不断旋转着。他抱着一个巨大的金属天线，如同一个线栅。威尔马上就知道约翰并不是在追捕狼群，而是在狩猎玛丽·梅。威尔应该从一开始就发现这一点。

那名牧民又开火了，约翰的人躲开了，接着他们站起来开始射击，子弹越过原野，穿过羊群上方。威尔看到有一个人拿着一把ＡＫ–４７冲着营地扫射，子弹在土地上掠过。

营地那边又传来了几声枪响，但是威尔没看到牧民。他们躲在树下的某个地方。五个人走进羊群之后，他们一直在向那些人开火。过了一会儿，威尔听到了马蹄声，他看到两名牧民上了马，沿着草甸底部飞驰而去。约翰的几个人还在向他们开枪，并躲在羊群背后，让子弹飞过群羊的头顶。

如果他们继续射击，威尔可能就不会听到从自己枪上传出的声音。但枪就在他身边，他非常熟悉。他在转身的同时，朗尼拉开了保险。他的眼睛盯着瞄准镜，枪筒指着玛丽·梅走过的山谷。朗尼不需要拉动枪栓将点308子弹上膛，因为威尔猛然想起自己已经完成了这项工作。

* * *

玛丽·梅听到雷声的时候，已经穿过了这片草甸的四分之三。她停下了脚步仰望着天空，天就像知更鸟的蛋那样蓝。她转过身，望着之前越过的山脊，然后往后退了几步。

她又听到了雷声，但她知道那不是雷声。低沉的爆炸声弥漫在空气里，就仿佛遥远的雷声。但是她很清楚自己听到的是密集的枪声，非常熟悉的声音。

玛丽抬头望着山脊，想知道现在的这种情况自己是否需要去帮忙。她又开始移动，想要沿着刚刚走过的路回去。不久，她跑了起来，拿出了点38。她紧紧抓住手中的枪，不让它落地。射击声停止的时候，她已经走到了原野中央的位置，这是个奇怪的时刻，世界又恢复了正常。太阳挂在天上，只有风吹过草甸，远处树枝在风中摇曳。

步枪子弹从她身边不到三十厘米的地方穿过，打到了三米外的地面上。她感受到了空气的震动，她转过身，尘土从地面上扬起。玛丽站在原地，开始意识到这里发生了什么，她听到了山脊上方传来的步枪射击的声音。

* * *

就在朗尼即将扣动扳机的那一刻，威尔出现在他身边，将他击倒并扔在了地上。步枪被打掉了，威尔看着它在岩石顶上滑了一会儿，然后消失在了山脊边缘。

朗尼像做好比赛准备的摔跤手一样站起来，双手张开摆出了姿势。

"你想要打她。"威尔说。他们之间的距离不超过两米，威尔看着站在坡下的朗尼，他仍旧伸着双手，目光一直没有离开威尔。

"最好在这里搞定，这样比去其他地方解决问题要强。她进入树林之后似乎就不打算再回来了。"

"天呐，朗尼。他们是让我们找到她，帮助她。"

朗尼飞快地冲出拳头，威尔只来得及向后倒，并用一只手撑住身体，之后他又迅速爬了起来。威尔感觉自己太老了，也太慢了，无法跟上朗尼敏捷的动作。朗尼正在冲他微笑，并再次打出一拳，擦过了威尔的右侧脸颊。两人仍然背着背包，这让他们的动作有些笨拙和失衡。威尔绕到了山脊边缘开始往下走，想要远离朗尼。

"对一个老家伙来说，你倒是挺灵活的。"朗尼说。他上前一步，猛地一拳打在了威尔的肋骨上。"但你仍然是一个老家伙。"威尔弯下了腰，一阵干呕。朗尼把另一只拳头狠狠地砸在了他的颧骨上。

威尔面朝下倒在了山脊光滑的岩石上。他的脸被朗尼打中的地方火辣辣的，肚子上的肌肉直抽筋，他们相互拉拽着仿佛要在腹部展开一场拔河比赛。他想要翻过身子，但是朗尼又踢了他一脚。威尔利用这一脚的力量从那块石头上滚了下去，掉在了下方一米左右的地面上。

威尔觉得仿佛有人把炸药扔在了自己的脚下，他整个人向上飞了出去，然后落在了十几米外的地面上。他不确定是不是哪里的骨头断了，很多地方都感到疼痛，疼得仿佛他已经多年没有受伤。但他知道，得站起来阻止朗尼，不管他在做什么，一切都得靠自己。

威尔很快就站了起来，而朗尼这时已经来到了岩架的边缘。威尔抓住了朗尼的一只脚，努力地往回拉。威尔听到了骨头撞在石头上的声音，朗尼的背包首先着地，那股力甩得他脑袋朝下，头骨撞在了岩架上。现在，威尔手捂在肚子上一边喘着气，一边前进着。他来到岩架附近，朗尼还在努力想要爬起来并转头看着这边，他的头发和脑袋撞到的那块石头上都留着血迹。

威尔还没有走到那边，朗尼已经撑起了一条腿。等他完全站起来，威尔避到了一边，寻找着能够用来保护自己的东西。朗尼再次攥起拳头走了过来。附近有些石头已经松动了，威尔觉得自己能够到，但是如果抓住那些石头，他又会回到朗尼的攻击范围内。

威尔尽可能地后退着。现在他正在向岩架边缘靠近，而朗尼则追着他。从发际那里滴下来的血沾湿了朗尼的脖子。威尔又看看身后，但却发现没有什么可以挡住自己不掉下去。步枪在下面的某处，三米？十米？五十米？他又转过身，离开岩架边缘，看到了步枪，它落在下方一米露出地面的一块石头上。威尔开始移动，试图抓住这个可能仅剩的机会，但就在这千钧一发的关头，朗尼扑了上来，挥起了右手，威尔向下一躲，往步枪那边移了过去。

要是他半秒钟之前没有决定要下去拿步枪，这一拳可能就打到他了。但是现在，朗尼已经失去了平衡，头昏眼花，而且脑后还流着血。

威尔转过身，拳头正好从身边经过，随后是朗尼扭曲的身体。朗尼伸着手臂，那股劲儿带着他翻下了山脊边缘，掉进了下面广阔的原野上。

威尔看着他摔了下去。朗尼袭来之前的这段时间仿佛有一分钟那么长，但实际上只有一两秒钟。尸体落在了下方三十米处散碎的岩石处，随后笨拙地弹了起来，腿部和胳膊保持向外伸着的状态又翻滚下去，最后停在了一块较大的石头上。

威尔站在原地盯着下面。朗尼的一只胳膊以一种奇怪的样子压在他身后，脸朝上，脑袋仿佛被从身体里拔了出来又伸了出去，只有一点儿皮肤还连在脖子上。

威尔弯下身子靠在了山脊边缘。他伸手拿过步枪，握着枪上的握柄并立刻拉开了枪栓，对这把枪进行了检查。他看看这面，又看看那面，迅速研究着木头和金属的情况。表面上看起来是没问题，但当他抬起瞄准镜，却发现上面出现了一道裂缝。他继续观察玛丽·梅在几分钟前经过的那片草甸。

* * *

玛丽的肺在鼓动，吸入周围的空气，就仿佛空气已经不够用了似的。心脏中的毛细血管像遥远的恒星一样爆炸，一会儿觉得遥远，一会儿觉得很近。她在跑，竭尽全力，全速前进，不能回头，没有停顿，任何人都无法抓住她。在斑驳的光影中，阳光透过松林流了下来，世界在她的视野中跳动着，魔鬼的钢锯在疯狂地拉动着，刮走了脚下的土地。

脚底拍在松针或石头上，玛丽能听见自己踏出的每一步。这声音和极度的恐惧让她停下了脚步，转向了右边，静静地靠着一棵高大松树细细的树干并竭力想屏住呼吸。她立即意识到自己是多么孤独，意识到自己是如何失去安慰和救赎的。因为刚刚有子弹划过她身旁，打在身边不足三米外的地面，所以她跑过那片明亮的原野时，谁都没看到，什么都没听到。

她需要离开，立刻离开。她环顾着半明半暗的森林，她现在终于知道为什么有那么多的拓荒者在这样的地方迷路了。目之所及，到处都是狮子松，像箭一样直，像电线杆一样粗，每根都一模一样，就像游乐场里的鬼屋，却根本没有出口。

* * *

威尔踩着一直延伸到悬崖底部的松散碎石，半走半滑地从山脊上下来。他来到朗尼那里的时候，他的眼睛仍然是睁着的，头部一侧有一个严重的伤口，沿着脸颊向上一直穿过耳朵。很明显，他的脖子断了，身上满是擦伤。威尔抓住他的一只胳膊，想把他翻过来。朗尼的身体毫无生气，肌肉非常松弛。

威尔把尸体翻了过来。虽然朗尼体重比威尔轻，但并没那么容易搬走，帮他翻身的时候，威尔闻到这具尸体体内所有的液体都流了出来。他把朗尼推到了一边，终于可以检查那个背包了。

抽掉包上的绳子，他将物品从背包中拿出来，摆在了地上。前一天晚上扎营的时候，威尔已经看到了其中大多的物品。看到他带着发射器的项圈时，他一点都不感到惊讶。威尔取出项圈，站起身来看着那东西，在手中翻来覆去地把玩着。它的重量只有几千克，上面有一个小开关。

有那么十秒钟，威尔就站在那里看着项圈，之后他把项圈和其他所有东西一起又放回了袋子里。接着，他把朗尼拉过来让他安息了。威尔现在正在斜坡下方大概三十米处，能够看到朗尼刚才站的地方。

接着，他开始向着玛丽·梅出现的那个方向前进，他知道伊甸之门并不遥远。

穿过原野的途中，威尔可以看到有人影在山脊上移动。他看到对方来到了刚刚的悬崖边。威尔来到了树下，他不想被人看到。他来到阴影中之后，拿过步枪，把瞄准镜放在了眼前，看到他们低着头在看朗尼所在的地方。

威尔看着他们，看了很久，直到他们分开排成一列沿着山脊开始移动，来到了威尔最开始从悬崖顶下去的地方，像他那样穿过散落的石头。约翰走在前面，带着天线，无疑是因为朗尼包里的发信器和项圈来的。

* * *

玛丽·梅已经等了很久，她想知道有多少人在跟着她。她看到一个男人的身影正在从远处的山脊向下移动，穿过草地，几乎和她之前走过的路径一样。她可以看到男人背上的步枪，看到他中途停下来，研究着草地上的东西。

玛丽不想给那个男人抓住她的机会，她脱掉了靴子，把袜子塞进了里面。她手里提着靴子，把点 38 别在裤子的后腰带上出发了。她的移动速度很快，爬上了北面的一处斜坡，这样可能会让她处于有利的地形。走路的时候，她的动作小心翼翼，她清楚那个人已经追踪了她很久，而且可能会继续追踪她。

玛丽赤脚走过撒满松针的森林，不时停下来回头看她走过的小路。她留下的痕迹很少，但仍然可以看出拖着脚前进的痕迹。她在这些树林里长大，父亲和他的朋友们曾训练过她追踪和打猎的技能，她知道一个有经验的猎人几乎什么都可以追踪到，除了在最光滑的岩石上或流水中。

玛丽伸出双手,爬上了斜坡,来到了那处高地的顶部。现在,这处斜坡越来越陡峭,她之前并没有想到这一点,因为其中的大部分地方都隐藏在茂密的树干和丛林中。爬到一半,她跌倒了,往下滑了一米,她迅速站起身来,然而还是在松针里留下了黑色的刮痕。她对此无能为力,只能继续前进,比之前的速度还要快。

不久,她爬到了上面,扫了一眼下面走过的路,然后来到了上方一块巨大的岩石上。玛丽躺平了身子,最小化自己的轮廓。她所躺的岩石就是这处高地最高的部分,但不像早先穿过的山脊和山脉那样可以提供给她所需要的视野,大概只有那种高出整片森林的高地才能让人看到远处的景象。

在随后的沉默中,她听到自己的心脏在胸腔中跳动。之后,玛丽好像又听到了自己的呼吸声,她立刻屏住气,在躲藏的地方一动不动。远处传来了高地另一侧伯劳鸟的叫声。鸟儿急切的叫声在森林上飘过,它沿着高地起飞,飞上高空,飞过高地,进入了远方的树林。

玛丽只有几秒钟的时间去注视这只鸟的轨迹。她知道,也许鸟儿只是在某棵树上受到了惊吓,或者被猎物之类的吸引了。但她也知道这只是一种乐观的想法,事实是下面的某个地方有人正拿着枪追她。

有那么一瞬间,她低头看着森林里灰暗的光线。时间已经到了下午,太阳已经开始往林间移动。她往后倒退着,肚子蹭着石头,直到脱离了他人视线可见的范围才起身。她知道下面的某个地方有一条通往教会的路,这是最终能找到她弟弟的唯一希望。

玛丽在这个镇长大,她了解这些路、森林和山脉。尽管她从未深入森林,没有离开过连接着这个地区众多湖泊和山脉的小径,但她知道镇内的道路会从哪里穿过伊甸之门土地的边缘,而且她绘出了这条路线。斜坡上种着松树和白杨，下方有两千米左右的纸皮桦一直延伸到低地沼泽。在穿过路边的莎草地之前，她一直观察着斜坡下面的情况。

在转身走下斜坡之前，她最后看了一眼岩石边缘露出地面的那片石头。她走了几百米，来到了一处死角，回头看了看之前待的地方。在她之前趴的那个位置上，有一个人正站在高地顶端看着她。

* * *

威尔没有用步枪对着玛丽，甚至没有做出什么动作，只是站在小高地上俯视着她。和上次见到她的时候相比，玛丽已经长大了。她穿着牛仔裤、T恤和一件肮脏的拉链运动衫，手里拿着靴子。玛丽站在那里也望着这边，就算认出了他，也没有表现出来。

还没等威尔开口说话，她就已经跑了起来，迟疑了一会儿，威尔让她离开了。威尔知道玛丽要去哪里，虽然她已经脱下靴子，还改变了路线，但自己想要跟上去也不会有多大难度。他担心的是自己身体上所感觉到的疼痛。此时他用一只手捂着肚子上朗尼用拳头打过又踢了一脚的地方，微微弯腰，向前行进着。威尔知道他受的伤有多严重，器官损伤或肋骨骨折，与朗尼战斗的时候，肾上腺素将这些疼痛隐藏起来了。当他继续前进的时候，肾上腺素的作用消失了，每走一步似乎都会更加痛苦。

威尔看着玛丽所站的那个地方，然后起身进入了树林。有那么一会儿，他可以看到玛丽在跑，当她移动的时候，光线在她身上闪过。威尔向前走了几步，腹部的疼痛让他的脸部开始抽搐。他停了下来，看了看最后一次看到玛丽的位置，但她不在那里。他一边计算自己还有多少时间，一边很好奇朗尼之前的情况。威尔想知道那天见到朗尼时,他和身边的人在说什么。

接着,威尔站在那里,腰更弯了,肚子里的东西涌了出来,喷在了地上。他跪倒在地,差不多立刻就觉得安心了。他又可以呼吸了,胃部的肌肉已经摆脱了将它们纠缠在一起的那个疙瘩。威尔可以看到呕吐物中的血液,他很想知道自己身上有什么麻烦的东西,是溃疡还是半小时之前朗尼打出来的伤。但是他已经没有时间考虑了,再次起身的时候,他只是回头看着之前走过的路。

路的那头是约翰和他手下的四个人,如果其中有人是追踪者,那么他们很快就能找到他。威尔回头看了看那处高地,还有从上面走下来经过的路。他不确定要做什么,会发生什么,或者这一次本该发生的是什么。

约翰说他想帮助玛丽·梅,正如约翰和圣父曾经在很久以前帮助威尔那样。

威尔转过身来,又看了看上次见到她的地方,他知道自己已经浪费了太多时间。现在玛丽知道自己被跟踪了,她很害怕。一开始,他低声叫着她的名字,接着,他走上前去用双手拢住嘴巴,开始大喊。威尔说过会保护她,保证她的安全并提供帮助,但如果她跑了,他就帮不了了。如果没法找到她,威尔也无能为力。他再次呼唤她的名字。"玛丽·梅——"威尔喊道。他让这个名字在空中徘徊了一会儿,之后又喊了一遍。

* * *

玛丽·梅转过身来,她一听到她的名字就回过了头。她犹豫了一下,有那么一会儿,她很想停下来。但不可否认,她之前被人用枪瞄准过,开枪的那个人可能就在身后,正在狩猎她。那个人叫着她的名字，希望能让她停下，靠近她，就像猎人用号角模仿麋鹿的叫声。

二十分钟之后，玛丽·梅看到了那条路。她穿过了身后的森林——未来的考古学家如果发现她留在泥地上的痕迹，肯定会好奇：她是不是哪里受伤了？是不是神志不清，跑到了旁边的沥青坑里？

玛丽从树林里走了出来，闯入一片山茱萸和花楸之间，零星的莎草点缀其中。她的双腿有些灼痛，尽管在酒吧工作多年后她身体非常健壮，但双手和小臂上面仍然留下了划伤、轻微的割伤以及瘀伤。

她不知道狩猎她的男人去了哪里，而且之后也没有看到对方。她停下了脚步，听着森林中传出的声音。在确定那个人已经离开之后，她又穿上了自己的靴子。上方山脊对面一千米的地方，传来了一辆从北部的山脉里驶出的大卡车的声音。她努力地聆听后，分析这可能是一辆运送木材的卡车。但事实可能并非如此，因为几年前教会就买下了锯木厂并把它关掉了。

玛丽来到了路边，但并没有直接走上去。光线正在渐渐消散，她感到有些冷了。她无法确切知道伊甸之门的位置是在左边还是右边，但确定就在这条路附近。她微微颤抖着，黄昏正渐渐降临，又要在这里度过一个晚上的想法令她的心情愈加沉重。玛丽走上了大路跑了起来，她感觉肺在胸腔内跳动，空气在她的皮肤上扫过。

汽车转过了一个弯，头灯的光向她照了过来，她立刻离开了道路，藏在了草丛中。但车辆没有从她身边经过，而是停在了十五米外，灯光照着路面，夕阳那昏暗的光线让一切都变成了赤褐色。

她听到车门开了，然后是靴子踏在水泥地上的声音，她看到一个男人的身影走了出来。借着车灯的光线，她看到那个人向自己走了过来。她试图后退，拉开双方之间的距离，她几乎确定自己该跑了。

几乎可以确定，只要她一头扎进灌木丛，无论谁来追她，都只能重蹈其他人几天前的覆辙。

但玛丽听到了她的名字，不是在山上呼唤她的那个声音。不是约翰的声音，也不是最近听到的什么声音。她站了起来，走了出去，再次听到了自己的名字。她走上了大路，几乎不敢相信自己找到了他，或者说是他找到了自己。

"德鲁？"玛丽问。

德鲁站在路上看着她。他比玛丽记忆中更瘦，但肩更宽了，虽然留着胡子，但肤色和眼睛都没怎么变。她知道，这是那个她一直想念的弟弟，是她父亲去找的弟弟。

"德鲁。"她又叫了一遍，只是想叫出来，只是想叫出他的名字，就好像自己可能再也没有这样的机会了一样。

"是我。"德鲁说。他走上前去，伸出一只手，将玛丽从路边的排水沟里拉了出来。他比玛丽高十几厘米，把她拉进怀里后，抱了她很久。

"你听说爸爸的事了吗？"玛丽问道，"还有妈妈。"

德鲁放开了她，站在她身边，但双臂仍然抱着玛丽的肩膀。"我听说了，"德鲁说，"我听说都发生什么了。"

"爸爸想要来找你。"眼泪即将落下，玛丽忍不住了。她扭过头，德鲁又把她拉近了。玛丽感觉到德鲁抱住了她，她把头枕到他的胸前，肺部抽动着，哭了好久。

哭完之后，玛丽推开了他，用双手擦着眼睛。德鲁说："我们回家吧，先去暖和的地方，找些食物和水，然后找个安全的地方吧。"

玛丽看了他一会儿，站在那里思索接下来该说些什么。她几乎不相信她的弟弟就在这里，找到了她，并且会让她远离这一切，一切都可以恢复成原来的样子。

"来吧。"德鲁说。

德鲁带着她来到了卡车边。但玛丽突然停下了脚步,于是德鲁也停了下来。她看着卡车侧面的标志,然后抬头看看德鲁。"卡车?你在开他们教会的卡车。"

德鲁看着她,就仿佛她疯了一样。他的目光从玛丽身上移到了卡车上,然后又回到了玛丽身上。"你会没事的,"德鲁说,"你会好起来的,我会带你回家。你要明白,我是你弟弟,和我在一起,你会没事的。"

玛丽看着弟弟,德鲁的话悬在了他们之间。"你会带我回家吗?"她问,"你会跟我一起走吗?"

"是的,"德鲁说,"现在上车,我来帮你。"

* * *

刹车灯一闪,卡车开走了。这时,威尔来到了路上。他看着尾灯,一直到灯光从视线中消失。他之前在高处能看到下方的路面,看到卡车停了下来,然后玛丽·梅从水沟里站起来,男人站在她身边,伸出手来。

几乎在同一时刻,威尔正在穿过长满山茱萸和花楸的土地。他来到路旁的空地上,拿过步枪,透过瞄准镜看着卡车停在了车道中央。玛丽·梅正抱着那个男人,威尔将十字准线放在他身上,等着男人放开她。就在男人后退转身面对卡车的时候,威尔清楚地看到了这个男人,就像之前玛丽·梅站在山上看着自己一样。那个男人是她的弟弟德鲁。威尔放下了枪,依然单膝跪在路旁的地上,他看着这对姐弟钻进卡车后离开了。

现在，威尔站在空荡荡的路面上，他已经在路上走了十几米。光线差不多完全消失了，蓝色的夜已经降临，他可以听到路边沟里的青蛙在鸣叫。他转过身看向对面，发现一棵孤零零的枫树站在空地的中央。尽管还没到暮夏，但叶子的颜色已经变了，不少落在了地上。

威尔走到马路上，跨过一道宽阔的路肩，走进了旷野。地面是沼泽地，在那里他可以看到肮脏的烂泥上面有一层油污。他在快走到树那里的时候停了下来，抬头看着树枝，从树的高度和粗细上可以看出它已经在这个地方生长了很长一段时间，如果土地本身没有改变，它可能会活得更久。

威尔站在那里，看到几片树叶脱落之后掉了下来。树并没有死，但可能很快了。

约翰呼唤他的声音从后面传来，威尔并没有转身。他一直抬头看着树，好奇它还能坚持多久。

"你干得不错，"约翰说，"玛丽现在和我们在一起了。你帮我们拯救了她。"

威尔转过身，约翰站在那里看着他。更远处，约翰的手下站在路上，所有人都把武器抱在怀里，样子很疲倦，但却是在休息。"朗尼呢？"威尔问道，"他说他原本打算杀了这个女人。"

"是的。"约翰说，"我看到了他的状况，我应该早点儿发现的。"

"早点儿？"

"他在喝酒，他正在失去他的信仰，不是真正的信徒。"约翰说，"他正在弃我们而去，也放弃了自己，并陷入了过去的罪恶之中。"

"所以你们要跟踪我们，最后跟着我们上山？"

"是的，"约翰说，"我不信任他。我不知道是否可以信任你，之前朗尼经常说你是个谜。"

又一片树叶落下，它飘动着，翻转着，然后落在了他们之间。

"谜？"

"他用的不是这个词，"约翰说，"但我现在知道了，他是一个不可信任的人。我应该早点儿发现的，我应该知道这所有的一切。是他所说、所做的一切导致了这样的结局。"

"我不是有意想要杀他的。"

"你没有杀死他，"约翰说，"你不会做那样的事情。他只是掉下去了，倒在了悬崖上，摔断了脖子。这是一场意外，我们所有人都清楚地看到了这一点。你手上并没有沾着他的血。"

约翰把手放在了威尔肩上，威尔盯着他。

"你仍然和我们在一起，是我们的一部分。你为我们完成了工作，我们非常感谢你的所作所为。这没有什么可耻的。你曾经亏欠我们，但那段时间早已过去，现在我们欠你的。我们会把你带回伊甸之门，在那里你会得到祝福，会有一个休息的地方，然后得到我们的帮助，就像你帮助我们一样。威尔，你仍然和我们在一起，对吗？"

"当然。"威尔不知道他还能说些什么。

"我们已经拯救了你，但你向我们奉献出了你的灵魂。"

"是的，"威尔说，"我知道，我一直都明白这一点。"

"好，"约翰说，"听你这么说圣父会很高兴的。他在等你，等着再次对你施以祝福。你今晚将留在伊甸之门，会成为我和圣父的客人。"约翰放开了手，转身离去。

威尔拦住了他，问："玛丽·梅呢？"

"不必担心，"约翰说，"你很快就能见到她了。她现在和我们在一起，也和她弟弟在一起，他俩现在都是我们的一员了。"

* * *

玛丽看着德鲁,等着他开口,但他什么都没说,只是继续开着车朝山下行进。玛丽看着窗外模糊闪过的森林,映在玻璃上的影子在黑暗中凝视着她。

"你去哪儿了?"她问道。

德鲁转头看了玛丽一眼。现在,他已经是个男人,不再是男孩了。玛丽想知道这种转变是什么时候开始,又是如何发生的。"我一直在到处跑,"他说,"忙于工作,可以这样说。"

玛丽坐在那里盯着他,不敢去问什么。"工作?"她问。

"他们对我很好。"

"是这样吗?"

"是的。"德鲁又瞥了她一眼,然后把目光放回了路上,"你不相信他们,是吗?"

"我们从小就被他们教育不能相信这些人,他们有充分的理由。"

"你说的是爸爸和妈妈,对吗?"

"还有谁?"她说,"约翰他们一直在恐吓我们的供应商,他们一直想让我们的酒吧关门。"

"你还在卖酒?"

"没有酒怎么开酒吧?"

"他们这么做是有理由的,充分的理由。"

玛丽摇摇头说:"你现在这话和他们说的一样。"

"这也有充分的理由。"德鲁说。

车子从山上往下开了大约八千米,转了个弯之后驶下了大路,她可以听到轮胎辗过沙砾,还有小石块打在轮毂上的声音。

"这是干什么?"她说道,"你说我们要回家。"

德鲁看着她，但什么都没有说。玛丽俯身向前看，试图在黑暗中破译出他们前进的路线。

"我说过我会带你回家，"他说，"不是指你的家，也不是爸爸妈妈的家。"

在前方，她看到路边两侧的水泥块和大门。下一刻，大门开了，把他们放了进去。教会的成员在两边等候着，玛丽可以看到他们手中的枪以及他们看自己的眼神。

德鲁开着卡车继续前进，玛丽坐在车里看着这些人。她转过身，看到身后的那扇门关了。"德鲁？"她说。

"你不用担心。"

玛丽把手伸到后面，把点38放到身边，但并不在视线所及之处。

她现在可以看到建筑、灯光和教堂的尖顶。一路之上，外面的夜色似乎越来越黑，远处的湖只能通过反射大厅的微光与黑暗区分开来。除了建筑和教堂之外，这片土地一直从湖边延伸到山麓，长满了树和草。

德鲁掉转车头，停下车挂上了空挡，他向前倾身然后拔出了钥匙。发动机停止工作，有那么一会儿，她觉得在卡车里很孤独，仿佛弟弟不在那里，自己完全孤身一人。

"那是爸爸的点38吗？"德鲁问。他转过身来，看着玛丽手里的枪，想知道她想说什么。

"是他的。"

"我还好奇是不是还在他手里呢。"

"你好奇？"

"我只是有时会想起这些事，在这里的时候我思考了很多事情。"

"我希望爸爸能找到你，"她说，"我希望他有机会跟你聊聊。"

"你认为这会让事情发生改变?"

"我认为会的。我希望你们两个能把这个问题解决掉。"

"他都没有给过我什么机会,"德鲁说,"你我都知道这一点。"

她观察着德鲁的侧脸。"他很固执,但这并不是说他不在乎你。"

"我明白,"德鲁说,"看,他们为你准备了这个住处。"他冲着前面的小房子一点头。"你可以洗个澡,休息一下。你应该很累了吧,应该好好利用一下这段时间。"

"用来干吗?我从来没有说想要来这里,我也不想来这里。我想让你带我回家,不在这里,而是家,我们的家。"

"有人想见你,玛丽·梅。你要明白你是一位客人,他们只想跟你聊聊。"

"如果他们真的只是想要聊聊,可以去酒吧。"她说,"酒吧每天都从中午开到凌晨两点。"

"你应该知道我是什么意思,"他说,"我不希望你表现得很无礼。"

她狠狠地瞪了弟弟一眼,说:"你知道吗?他们对我开过枪!你知道吗?他们今天下午对我开枪了!"

"我认为这只是一个误会,"德鲁说,"他们都是好人,你以后会明白的。"

玛丽没有把目光从他身上移开。

"行啦,"他说,"别对任何人开枪。他们想和你聊聊,这不会对你造成什么伤害。完事之后,你会回到秋末镇你的酒吧里的。"

"那你呢?"

"我怎么了?"

"德鲁,你应该和我一起回镇子。这才是爸爸妈妈想要的结果。"

"你可以这么说,但你和我都知道,那里没有我要的真相。"

＊　＊　＊

威尔和其他四名男子一起坐在皮卡后面。他们都比威尔小三四十岁，身上都是用他无法想象的方式搞出的文身和穿刺。没人跟他说话，但他注意到在继续前往远处的森林之前，他们不时会看他和他的步枪。现在车子正在以每小时六十五千米的速度向着夜色进发，一路上都没有人说话。沿着高速公路前进的时候，风急匆匆地掠过，最终拐上了一条碎石路，来到了伊甸之门。

约翰坐在副驾驶位置上，威尔看到他弯着身子和一名守卫说着话。守卫也弯下腰对约翰说了些什么，然后为他指出了建筑的位置。

威尔来到这里已经三周了，金属围栏的柱子已经开始围住这片土地，一栋新房子也正在建起。社区的许多小房子沿着划分这片区域的碎石路建了起来，有一些仍未上漆。这些房子有一半是用粗糙的木料和木板建成的，这些材料已经在这个地方的砾石路上竖立起来了。很多地方都在燃烧，站在火堆周围的人，有男人也有女人，有些人他认识，但很多不认识。

司机带着他们穿过这片房子和其他小建筑，威尔望着一辆皮卡，他认为那是德鲁开的车。那辆车停在一间带白色隔板壁板的小房子前面，房子里亮着一盏灯。灯光被窗帘挡住了，他看不到里面的样子。

"她在那儿吗？"他转身问他身边的那个人。

那个人只是点点头，皮卡停在了教堂前面。

约翰从卡车里走了出来，他重重砸了车子一拳，然后轻轻拍拍威尔的背，让他跟上来。

他们几个人穿过大院，走到了一直待在那里的方形的谷仓前。约翰领着他走进木架打底、铝板围成的谷仓内，这是大食堂。

"你会看到，有些东西已经变了。"约翰说。

很多地方都很黑,他们往前走着,脚步在空荡荡的空间回响。在头顶上方,椽子上挂着一盏灯,一根电线上吊着一个灯泡,还被一个绿色的圆锥灯罩罩着。所有这一切都给这个地方带来了一种沉闷的色彩。在一个角落里,从下面一直延伸到看不见的地方,是各种给房子和教会提供服务的水管和电线。

威尔继续走着。他跟随约翰又走了几步,被带到了一个长长的木质野餐长凳上。约翰让威尔坐下。

就像这个晚上看到的大部分地方一样,这个地方光线很差,他坐了下来,放下背包,然后将步枪放在桌子上。约翰从谷仓墙面四分之三位置的另一扇门那里消失了,威尔将目光投向了那边。

没等多久,门就打开了,一名女子拿着一盘食物和一杯水走了进来。他差不多立刻就认出了她。他站起来,看着她穿过这个房间朝他走来。

他摘下帽子,她俯身向前看着他,然后将托盘放在他们之间的桌子上。"这是你上周打的兔子,我觉得你会喜欢。"

他谢过了她,等着她坐在自己的座位对面。"你已经吃了吗?"

"吃了,"她说,"他们把这一切都设置得非常有规律。你面前的这个差不多是最后剩的了。这些日子,我们并不需要很长时间就能完成工作。所有这些新面孔都在这里,这些人都年轻而饥饿。"

她看着他把叉子叉进肉里。这肉是用小火慢炖出来的,他发现他们在里面放了好多油。

他抬头看着她,发现她也在注视着他。"你还好吗,霍莉?"

"比在外面好。"

"嗯。"他说。他又吃了一些肉。她在一边放了一块玉米面包,面包滴着黄油。他也拿起来吃光了。

"我喜欢看男人吃饭。"她说。

"嗯，我也喜欢时不时看看女人。"他说。

她冲他笑了："威尔，你仍然是个浑蛋。虽然你这么老了，但我很怀疑你在油箱里为我留下了多少油。"

他也向她回以微笑，然后拿起玻璃杯，喝了半杯水。她比他小近三十岁，曾经是他最亲近的邻居。

但她的丈夫会殴打她，威尔几乎每周都会去看看，确认她没事。威尔的妻子和女儿去世后，他有四五年没见过霍莉，然后有一天，她出现在教会门口，说她的丈夫已经失踪了，但威尔一直认为是霍莉造成了她丈夫的消失。

"约翰说，现在朗尼走了，也许我们可以更经常地看到你。"霍莉说。

威尔开始咳嗽，他伸手捂住了嘴，嘴里的肉差点儿把他噎住。"消息传播得很快。"威尔说。

"刚才约翰告诉我，他说朗尼发生了事故。我根本不在意他是否还在。他一开始就是个浑蛋，他想干掉我们每个人。"

"是这样吗？"威尔问道。

"没错，"她说，"所以你觉得你会更频繁地过来吗？我得告诉你，情况开始变得有点怪了。"

"怪？"

"对。"她稍微放低了声音。她靠了过来，看着他的眼睛。"我时不时会跟约翰睡觉，他告诉我很多乱七八糟的事情。他把一些我不应该听到的事情说了出来。其中一半他他妈连一点儿线索都没有，而另一半就摆在那里。圣父和他的经书，以及所有这些关于先知和火狱的鬼话，关于罪人和圣人，拯救和诅咒。"

"这不是什么新鲜事。"威尔说。他吃完了盘子里的食物,然后将盘子推过桌面。"这只是通过对话传达出来的部分。"

"你真是一个顽固的老牛仔,"霍莉说,"我一直很喜欢你这一点。但你要小心,不要像我认识的那么多其他傻瓜一样成为一个老傻瓜。"

他看着她,但她没有再说什么。过了一会儿,他说:"告诉我吧。"

霍莉回头看看她进来的时候穿过的门。然后,她转过身,挺直身子坐在她的座位上。"从哪里开始呢,"她说,"枪,武器,大多数与我同龄,甚至更加年轻的孩子叫'极乐'的鬼东西。他们把它吸进了鼻子,我想那东西大概能帮他做到他们想做的任何事情。"

"那是什么东西?"

"为了再来一份,他们中的大多数人会甘愿杀死自己的母亲。但是他们用这东西把农民拉了进来,把那些之前认识的人拉了进来,这实在太可耻了。"她说,"那不是我们在镇上看到的那些经文。他们会发现你的弱点,然后以此来逼迫你。他们不断地压迫,不断地增加压力。最终你必须付出很多。"

他看着她,等着她告诉他更多东西。"你仍然是一名信徒吗?"他问道。

她大笑了起来。"你?一个宁愿每个月都要花三个星期在树林里抓兔子和雄鹿,也不坐在这里与人类谈话的人?你在问我是不是信徒?"

"我们都在做出自己的贡献。"

"是的,没错,"她笑着对他,然后说,"是的,我们是在这样做。我相信圣父,我相信他所看到的。他说的话,还有即将到来的未来。但有时候……"她停了下来。身后,厨房门口那里传来了脚步声。她站起来,拿起托盘。威尔看见约翰走了进来,经过她的身旁。

"威尔,你还想要什么别的吗?"

威尔抬起他的手。"我吃好了。"他说。

"很好,"约翰说,"你需要力气,圣父希望在教堂里单独会见你。他想把他的手放在你身上,亲自感谢你所做的一切。"

* * *

玛丽·梅洗了个澡。然后她穿上德鲁留给她的衣服,走进了他等待的那个小房间。

她走进去的时候,德鲁站了起来。

"我很高兴你找到了我。"她说。

"我也很高兴我找到了你。"

她环顾四周。这是一个小地方,客厅和厨房是一个房间。

"你准备好见圣父了吗?"他问道。

"我不想去,"她说,"我认为我们应该离开这里,一起回家。"

"你是这里的客人,玛丽·梅。父母以前总是教育我们不要无礼。"他看着她,好像在等她说点什么。然后他说:"不要无礼。"

* * *

"很多人只有在受苦之后才能得到怜悯。受苦是他们必须承受的命运。这是一种选择,是有意识的决定。他们走进那深渊,黑暗笼罩着他们,只有通过信仰,他们才能得到救赎,然后从深渊中毫发无伤地走出来。"

威尔感觉到圣父的手离开了他的肩膀,然后睁开了眼睛。他被约翰带进了教堂,然后听从要求跪了下来。他一个人在那里等着,看着那个地方。教会的标志出现在每个窗子上,一面巨大的美国国旗悬挂在教会的前面,十字和代表伊甸之门的光芒画在星星之间。

不久之后，圣父到了，传来了他脚踩木地板的声音。接着，他来到了威尔面前。圣父穿着一条牛仔裤，衬衫的扣子一直扣到领子那里。和其他所有的信众一样，他留着胡子，很像他的弟弟约翰，但他更高，胸膛和肩膀也更宽，头发向后梳着。他的目光遇上了威尔，在说话的时候紧紧盯着他看。

"威尔，生活已经考验了你。现在你必须相信，你必须相信你在这里是有理由的，是为了我们而被选中的。前方是黑暗时代，黑暗时代即将降临，而我们将在黑暗时代成为光明。"

"是的。"威尔说。

"你的妻子和孩子被带走时，你就经受了考验。今天又是一次考验。"圣父在威尔面前低下身子，手肘放在膝盖上，他的脸那么近，威尔甚至能感觉到对方说话时，呼吸和味道吐在他的皮肤上。"那个时刻即将到来，世界的终结。空气会自己燃烧起来。我会让我的人待在一起。我会把他们都叫到我这里，我会请他们做好准备。因为我们就像之前来到这个国家的先驱者们，将会进行一段艰难的旅程。现在我问你，你为这次旅程做好准备了吗？"

"做好准备了。"威尔说。

他站了起来，低头看着威尔说："你帮助过我们，但我们需要你更多的帮助。我们需要透过瞄准镜观察人们的眼睛，需要能够握住并挥舞刀子的手，需要扣动扳机的手指。你明白吗，威尔？你明白我要求你做的事情吗？"

威尔犹豫了，他抬头看着圣父。

"在人类悠久的历史中，很多时候，我们不相信我们的信仰，很多时候，这种信仰已经受过考验。所有的人都选择了踏上这场旅程，一场救赎的旅程，但也是一场必要的旅程，因为如果你不愿完成这段旅程,你将会灭亡。威尔,现在那个时刻已经到了,我再问你一遍,就像很久之前你刚刚到我们这里来的时候一样,你是否准备好去寻求拯救?"

圣父停了下来。他离开威尔走了几步,然后回头。他在等待某种回应。但威尔没有去仰望圣父。

"在你的妻子和孩子离开这个世界之后,我们很担心你会放弃生命,"圣父说,"我们担心你会被脆弱压倒。但你没有,你成了一位猎人而不是被猎者。你放弃了罪恶,放弃了恶习,放弃了所有侵占你生活的邪恶。我们把手放在你身上,一起带走了你的罪孽。我们把它们从胸中切掉,像这里的每一位成员一样,放弃了自己的罪恶。"

威尔点点头,他回想着这一切。文身,剃刀,献出罪孽。然后他再次望着圣父,说:"我记得。"

* * *

玛丽·梅走进来的时候,他刚从祭坛旁站起来。她站在空座位的后面,一种疑惑的感觉开始慢慢地在她脑中升起,就像疾病在血管内传播一样。她看着他站了起来,看着圣父扶他站了起来,就仿佛这个男人是他的一位家人。

她几乎立刻就认出了他。他就是站在高地上的那个追踪者——那个向她开枪并且差点儿击中她的男子。现在,那种已经开始在她的身体里蔓延的感觉突然在她脑中爆发。她来这里是一个错误。她太放松警惕了,这是一个错误。也许她甚至误信了她的弟弟。

那个人转过身来,玛丽·梅正站在她的弟弟德鲁旁边,她看着那位追踪者走了过来。他留着胡子,脸因多年的风吹日晒而变得苍老。鱼尾纹就像裂纹黏土出现在了他眼睛的两侧,头顶上的头发斑驳变灰。

他走过来的时候,她一直盯着他看,他的目光在她身上闪过,然后他停下来向她点了点头,说:"我很高兴见到你,玛丽·梅。"他对德鲁说了同样的话,然后摘下了帽子,一只手拿着,接着又把它戴在了头上。

他走了,穿过了前门。她上前想要让他回来,但被德鲁拦住了,用手抓住了她的手肘。"威尔·博伊德。"德鲁低声对她说。

她没有说别的。她记得那个男人。她曾和家人一起去过他的女儿和妻子的葬礼。如果她记忆准确的话,那应该是因为一场车祸。威尔独自站在那里,人们从他身旁经过。她的父母弯下身子,伸手抱住他。现在,玛丽·梅想起了那个时刻,她当时闻到了酒味,还有一些像盐、汗以及让身体变成完全不同的东西的物质的甜美气息。

她以为他死了,但现在她知道他没死。

她转身面对教堂,圣父正在等着他们。他向他们举起手,呼唤着他们:"来吧,我的子民,上前一步。"

德鲁上前一步,然后在通道上等待着她。她走到那里,犹豫了一下,花了一些时间转身,走向圣父。她也记得他,他几乎没有什么变化,只是变老了。她想起几年前从佐治亚州来到这里,他会与他们一起去镇上的教堂,作为朋友向参与礼拜的会众讲话。被叫到的时候,他说出了圣言,在牧师讲话的时候,他一直默默地坐着听讲,但是几个月后,他们之间出现了分歧。圣父,或者说当时的约瑟夫,已经走上了自己的道路,他告诉所有跟从他的人,他可以成为他们的救世主。

现在他上前一步,看着她。"来吧。"他伸出双手说道,他的眼睛一动不动,目光一直朝着她的方向。

她上前一步,很快他的双手抱到了她的肩上,把她拉近自己的身体。她可以闻到他身上汗水的气味,感受到他手臂的力量,以及他抱住她的方式,就像他们过去几天一起忍受了痛苦,而现在终于得到了拯救。

"欢迎你,"他说,"欢迎你来到我们这里,尽管我才刚刚得知你父亲母亲的事儿。"

她点点头,目光落在了地板上。

"德鲁对我说了很多事情。他已经向我们所有人说出了他的故事,在他的回忆中,你们的父母将永生。"

她又点点头,她不知道该怎么想。现在他说话的样子和他的弟弟约翰差不多。

"现在你跪下,"他说,"跪在地上,我会用我的手给你祝福,我们会一起洗净你内心的罪恶,将每一块骨头、每一份组织都洗净。你会看到世界上所有的一切都将回到正轨,一切都将变得美好,你所在的地方是一处清醒之地。我的眼睛会一直注视着你,我会把你当作伊甸之门最有福的子民。"他放开了她,后退了一步。

她觉得他好像一直抱着她,抱了很多年。她看着她的弟弟,他站在不远处。圣父招呼德鲁过来,然后让他们双双跪下。德鲁先跪了下来。她感觉自己的神经在跳动,然后她也跪下了。

"善必将拯救你的身体。善必将让你抛下罪孽。"圣父再次将他的注意力放在了她的身上,将双手放在了她的太阳穴上。他温暖的皮肤按压在她的皮肤上。"你是个罪人,"他说,"在你眼里我看到了愤怒和嫉妒,看到了内疚和羞愧,看到了所有致命的罪孽。我将拯救你,我愿意帮助你摆脱心灵的烦扰。"他现在跪在地上,没有放开他的手,把她的额头贴在自己的身上。"我要让你仔细倾听,"他说,"倾听我的声音,倾听伊甸之门的呼唤。玛丽·梅,你要倾听,你并不孤单。虽然你犯下了罪,但你并不孤单,你并没有被遗忘。"

他开始祈祷，他的声音很低，低了八度的声音似乎在产生共鸣。随着他站起来，他的声音越来越大，双手抬高，把她举了起来。他请求她的原谅，他谈到酒精，谈到罪恶。他说她不知道自己在做什么，她像这个镇以及这个世界上的许多人一样，只是需要被原谅。但那是他们的灵魂在黑暗中的哭泣，而不是他们清醒时的声音。他说，她和很多人一样，来到教会只是第一步，之后会想要索取更多。"谢谢你，玛丽·梅，"他说，"谢谢你来到这里。谢谢你，你的弟弟也会感谢你，我们将在这里让你获得赦免。"

她抬头看着他。但他依然在等待，用一双似乎从未眨过眼睛看着她。汗水从他的额头冒出。他双手按压的感觉仍然留在她头部的两侧。

"你接受我们吗，玛丽·梅？你是否能像你弟弟那样，也抛掉自己的罪孽？你是否听到了灵魂的哭泣和从一直都在被惩罚的身体里被释放出来的呼唤？"他放开了她，将她往前一推。

她差一点儿摔倒，但他速度更快，又抱起了她，扶着她问："你抛弃罪孽了吗？说吧，玛丽·梅。说出来吧，一切都会被原谅。你是否想要清洗你的身体，净化你的灵魂？"他再次推开了她，她晃了晃，但没有摔倒。

现在他离开了她身边，转过身去看了看挂着的那面国旗。直到他将她的注意引向那边，她才注意到它。这是一面美国国旗，但却有所不同，在蓝色之中，在星星之间，她可以看到那里绣着伊甸之门的标志，那个十字架就像星星一样，周围散发着无数光芒。

他又已经开始说话了，但这次声音更柔和，语速更慢，语气更慎重，好像他正在引导某个人，某个早已去世但又来到这里附身于生者的人。圣父说："最终的结局将会是火焰，火焰将毁灭一切尚未洗清罪孽之人，火焰将毁灭邪恶之手。"他转身等待着。他让沉默悬在众人之间,然后仿佛从梦中醒来,他问道:"你们是否抛弃了罪孽?你们是否要求拯救?你们是否请求洗礼?请求净化?请求被赦免和重生?"

你们是否……

你们是否……

你们是否……

她看着他。她看着那双一眨不眨的眼睛。她明白了,答案只能有一个。

* * *

十二年前那件事情发生的时候,威尔喝醉了。成年之后,绝大多数时间他都是醉醺醺的,失去她们并没有让他的生活变得更好。他试图不再去想她们,他试图把她们想象成来自另一个时代的祖先,早已被遗忘的家人,以某种方式给了他某些未被察觉但完全必要的影响的亲属们。

是圣父的话将他从中释放出来。他躺在床上的时候,想要召唤他曾经爱过的那些早已死亡的灵魂,他知道,毫无疑问,那是他离开教会和城镇的原因,即便在他抛掉了罪孽之后,他仍然孤独。

他站了起来,脚踩在地板上,在黑暗中看着门下的缝里露出来的银色月光。他们给了他一间带有两张单人床的房子,他可以从开着的窗户那里闻到湖水的味道。伊甸之门的夜晚,空气总会像水下的洋流一样移动和漂移。

当他提起裤子,穿上靴子之后,他又开始想念自己的妻子和女儿。他能感受到黑暗中涌出的眼泪,感受到它们是怎样充满眼眶,落在他的脸颊上,刺痛着他的皮肤。

他是给自己带来死亡消息的使者,他的妻子和女儿已经去世十二年。他前所未有地清楚自己所扮演的角色以及他为自己和他所爱的人带来的痛苦。他买了那杯酒，射出了那枚子弹，就像他曾经射出的任何一枪一样致命而准确。但他现在知道那是一种自我伤害。

他推开门走到了外面，站在空荡荡的走廊里，看看一边，又看看另一边。他不知道也不在乎现在是几点。他需要空气，需要看着星星和月亮，或者站在草地上看着夜色。他已经习惯了待在外面。

他一直希望时间能够倒流，希望当时能做得更好，但他知道事情永远不会发生改变。他为那个杀害他家人的男人买了那杯酒。他已经准确而直接地把那个人送到了那个世界，就像威尔在那个时候可以做到的那样。就在那个晚上，他的妻子莎拉已经说够了，她不相信威尔可以自己回家，她已经把他们十岁的女儿卡莉放在乘客位上，开车从酒吧接威尔回来。

威尔思索着他当时扮演的角色，那种感觉折磨着他。即使是现在他也能感觉到那种情绪，内心充满了内疚感，那种感觉填满了他的胸口，一直堵到了喉咙。他就像过去那样把它又吞下了，然后跌倒在了走廊上，就像曾经的那个老酒鬼，现在他知道那个酒鬼可能还在。他蹒跚而行，努力克服自己的内疚和悲伤。他走出了那个小起居区，走近了夜空，他试图以某种方式将生活片断连缀到一起。

他走出院子，走过了几个看守，那些人看着他，但没有问候，只是点了点头。他看到了星星，然后目光越过湖面，看向了对岸的山丘，山脉黑乎乎地坐在那里，他转身又回来了。

湖岸边有一堆小小的篝火，他站在光线之外，看着那个女人。毫无疑问是她点亮了篝火。他走出黑暗，走进火焰发出的光线之中，霍莉只是看了他一眼，然后又回头望着火焰。

"你也睡不好吗？"霍莉问道。

"有一点儿吧。"

"圣父说的话有道理,虽然在夜晚睡不着的时候很容易对它提出疑问。"她朝着一两米外的一段木头点点头,"你应该坐下。现在朗尼走了,我明天会带你回去。"

他感谢了她。他看着火焰在跳舞,然后对她说:"圣父是怎么知道他知道的那些事情的?"

霍莉笑了起来。"你的意思是,他有千里眼吗?是心灵感应,还是神的先知能力?"

威尔只是盯着她,说:"我的意思是他怎么知道的?他是如何毫不怀疑地知道这些的?"

"没有人能毫不怀疑地知道什么,"她说,"上帝给了亚当和夏娃一座乐园,但即便是上帝也无法阻止他们拥有自己的自由意志。"

"你这话很像他说的。"威尔说。

"像谁?"

"圣父,约翰,这里的每个人,不论男女。"

"亚当和夏娃?"

"我想是的,"他说,"这里是乐园吗?"

"是你想让它成为的地方。"她说,她看着他,笑了起来。他开始觉得她在讲一个自己并不懂的笑话。"威尔,小心点儿。他们可能不会看到你发生了什么,但我知道。"

"那是什么让你起床的呢?"威尔向她露出一个无力的微笑,试图化解掉他脑中活动的所有东西。

"我在等约翰。"

"你对他的事情有多认真?"

"认真到让我在这里等他。"她说。

他看着她,然后望向了深夜。他对面前的这个女人很好奇,这个他之前就认识的女人。他之前认为他们是一样的,但现在有些怀疑事实是不是这样的。"你偶尔会感到孤独吗?"

"有人陪很有好处,"她说,"有助于防止思绪去遥远的地方流浪。"

他看着她。霍莉用棍子推了推木头,他们看着木柴激起的火花热浪,感受到温度的上升。他想知道她所说的是谁,是她还是他自己。

* * *

玛丽·梅在黑暗中醒来。她的弟弟并没有像他所说的把她带回到秋末镇。她到了一座小房子里的一个小房间,站在那里看着他,那个人是她的弟弟,但现在似乎不是了。她好像不认识他。她原以为她认识,但现在她知道她不再认识他了。

"你会把我带回镇上,对吗?"

"是的。"他说。

"你会跟我回去。"

"对。"

"别离开我,"她说,"待在这儿,一直到早上。你可以睡在沙发上,早上我们就可以回镇上了。"

"好的。"他说。

她站在那里看着他。那一刻,他让她想起了曾经的那个小弟弟。她想起了母亲对他的唠叨。她想起了他会给出的回答:是的,好的。一直都是这样。

在黑暗中醒来,她知道她并不孤单。

"德鲁?"

她听到了穿过房间的沙沙声,布料摩擦移动的声音,以及在人的体重压力下木椅的吱吱声。

"德鲁?"她又叫了一声。

"在,"他说,"我在,我在这里。"

她手肘撑着身子,然后转身想在黑暗中看到他。他只是一个人影,藏在房间的阴影中。"有什么问题吗?"

"没有。"他答道。

她可以听到他在移动。她听到他从一把小木椅上站起来,她记得那把小木椅就在门边。"出什么问题了吗?"她又问了一遍,静静地听着,看着他站在那里的身影。

"你需要受洗。"他说。

"受洗?"

"是的,你需要在水中洗净自己。你说过你会的。"

"德鲁,"她说,"你吓到我了。"

"你根本没有理由害怕。"他说。他往前走了一步,走到床边,沿着床的一侧走了过来。

出于本能,她畏缩了。她坐了起来,把手挡到面前,就仿佛这样就可以挡住这一切。

"别害怕,"他又说,"你需要接受洗礼,你需要洗净自己,准备面对自己的罪孽。"

他现在走得更近了,玛丽·梅四处张望着,寻找可以用来阻止他的东西,但这里什么也没有。她还没有来得及移动或是伸手,他就抓住了她的一只脚踝,用力一拽,野蛮地把他从床上拖了出来。

她挥着胳膊从床上被拉了下来,伸手摸索着可能阻止她摔下来的东西。可是除了床单之外,她什么东西都没有摸到,她从半米高的床上跌了下去,一只手肘打在了地上,头部也被撞到了。

疼痛立刻袭来，透过她的皮肤一直在她的身体里回荡。她被狠狠地摔了一下，可除了知道自己正在被拖过地毯之外，什么都没法去想。她扭动着身体，伸出手，想要挣脱开来。她想用指甲抓紧地面，但只能抓到泥土、沙子和棉绒，以及其他可以被抓进指甲缝里面的东西。

他打开门，灯光照射进来。她知道他要把她拉出门。她呼喊着他的名字，但他没有停下来，过去时她抓住了椅子腿，然后抓住了门框。她只坚持了很短的时间，他踢了她一脚，然后又把她抬起来，抓住她的脚踝，让她翻滚着，扭动着，头部着地拖出了那个小房间。

"德鲁！"她叫道，"德鲁！"

但他好像没有听到她的话，只是一直往前走着，很快他们穿过起居室。他打开了门，她被拖了出去，然后被放开。

她躺在车道的泥土和碎石上，小沙子蹭在了她的脸上和头发上。她咳嗽了起来，血的味道从口中的伤口里溢了出来，她又开始咳嗽，然后努力环顾四周。

约翰坐在那里等着她。他坐在一辆卡车的后挡板上，环顾四周时，她看到了更多的面孔。当天她见过的男女，教会成员。

"你好。"约翰说。

她转过身来，一只手撑在身后，想要坐起来："这是怎么回事？"

"这是结局，"约翰说，"这是我一直希望你去做的。你过去一直孤身一人。你活着，却没有听过圣父的话，现在你不再孤单了。"

她想要站起来。他们过来的时候，她试图与他们抗争，试图挣脱开被抓住的手臂。但是他们人太多了，她无法挣脱。不久，她来到了空中，被从泥土里抬出，扔到卡车的货厢里。

她叫着她弟弟的名字。她一直在重复，但根本没有听到任何回应。

第三章

我们每个人都应该清楚,如果面对罪孽时尽情放纵,而又缺乏信仰无法把恶魔阻止在门外,你会有多么的孤独。

——蒙大拿州希望郡,伊甸之门圣父

威尔醒来的时候，霍莉正坐在他对面的那张单人床上。

"你准备好了？"霍莉问。

"是的，"他说，"几点了？"

"早上了。"她没有手表，也没有手机，就算有手机这里也没有信号。

他拉开毯子，双腿悬在了床边，赤脚踩在地上。

"天哪，威尔。你的内衣都是自己做的吗？"

他低头看了看身上穿的短裤。这条短裤已经很旧了，曾经是黑色的，但多年来在河里的洗涤，阳光的暴晒让它褪成了棕色。他抬头看着她笑了起来。"它只是我一生的缩影。"

"内衣是灵魂的窗户。"她坐直身子，让他去洗个澡，然后在谷仓的食堂那里见。

他洗完了澡，又穿上了那身旧衣服。衣服上仍然能闻到群山、松树、泥土和碎石的气味，还有他自己的汗水和盐。走进食堂的时候，他带着自己的步枪和背包，霍莉正在等他。

她拿过一个篮子放在他面前的桌子上，让他穿上里面的衣服。"我找了一些我觉得合适的。"

他看了看篮子，拿开了最上面那层衣服放在了一边。"这些都是从哪里来的？"

"捐赠，"她说，"你知道是怎么回事，威尔。你来到这里，捐出所有的东西，我们也会把你需要的东西给你。虽然我从来不会用这种名字来称呼这里，但我们是一个教会。"

他从中挑选出他觉得合适的衣服，然后卷起来放进了包里。"还有更多？"

"当然。"她说。

她把他带到一个长条形的房间，它占据了一栋房子的一半空间，打开了灯。他看到许多衣服，从房间这头一直堆到那头。鞋子堆得和他一样高，还有一堆手套和帽子。这其中有大衣、裤子、衬衫、内衣。他在它们中间走了一圈。除了主要类型，这些衣服根本没怎么分类，孩子们的和成年人的衣服混在一起。他停下脚步，拿起被鞋带绑在一起的八双童鞋。鞋带是白色的，但却沾满了污垢，而鞋子是粉红色和紫色的。

他回头看看站在那里的霍莉。"克肖家的人呢？朗尼说他们把他们带到了某个地方。他们有一个女儿和一个儿子。但我没有见过孩子。实际上，我也没有见过克肖夫人。"他站了起来，手里拿着鞋子，然后眼睛扫过堆在一起的衣服。他开始看到一些能认出来的物品。当地的小联盟队伍的广告衫，或是带着锯木厂标志的衣服。"这里发生了什么？大家都在哪里？"

"我知道你在想什么了，威尔，不必担心。他们和我们在一起，只是不在我们这里。"

他仍然提着鞋子，仿佛这双鞋子是他早已忘记的过去生活中曾经拥有的东西。"我不明白。"他说。

"我们还建立了其他据点，"霍莉说，"东边有一个女人经营着我们的农场。她为我们种植作物，提供我们需要的食物，鸡蛋，还有各种牲畜的肉。你肯定不会以为只有你在做这样的工作吧。教会无处不在，有很多人要喂养。"她说。

"孩子们就在那里吗？"

"是的，"霍莉说，"所有人都很安全，所有人都有着自己的工作。你会看到这一切的。"

他把鞋子扔在了一边，再次环顾四周，说："太多了。"

"他们的长兄雅各也开始在山上对人们进行训练。"

"北边的山?"

"是的,"霍莉说,"不算远,这里发生了很大的变化。我现在知道了,朗尼并没有让你跟上我们发展的速度。威尔,我们正在成长。你和我是第一批,但许多人还在请求我们的保护。"

"保护?"

"是的,"霍莉说,"逃离他们的生活,就像你一样。你来到了伊甸之门,放弃了酒瓶,抛弃了罪孽。有些人过来是因为他们需要经济上的帮助,还有些人是因为他们失去了信仰。但是,无论这些人来到这里是为什么,他们都需要我们的帮助。这些人无法自救。"

威尔看着她。他的目光又扫过了一堆堆衣服,然后转向她,说:"我想我已经准备好了。"但他可以从她的脸上看出,她的事情还没有完,而且她也知道这一点。

"我们正在朝某个地方迈进。"霍莉说。

"我知道,我可以看出来。"他抓起他的包,拿起步枪,把肩带挎在肩上。

霍莉带着他走出房间,两个人从小木板房里走出来,走进了晨光里。"把你的包扔到后面。"等两个人来到皮卡那里,她说道。这车肯定是她之前开过来的。

他把袋子放到货厢里,然后走到车门处,拉开车门。这里远离车道,附近没人,越过小木屋和旁边的建筑,他看到了另一些人。两名看守站在门口,他看了他们一会儿,看着他们肩上的武器。

他打开卡车门爬进车里,霍莉正在等他,她转动钥匙启动发动机。"威尔,很高兴能见到你。"

他看着她。他仍然带着步枪,把它放在两腿之间,说:"霍莉,我也很高兴能见到你。"

她踩下踏板,车子沿着碎石路开始前进。"威尔,你真的不应该再这么客气了。即便你一个月来这里一次,却仍然表现得像个陌生人。我现在可以看出来这一点。我以后肯定要去看你的。约翰叫我这么做的。现在朗尼走了,他让我成为那个跟着你的人,我会经常去找你的。"

"我也希望如此。"威尔说。他没有继续看她,而在看房子。很多房子被漆成了白色,和背后的教堂一样。还有一些只是涂上颜色的粗糙木材,用来遮风挡雨。车子一直往前行驶着,他的目光落在了其中一栋房子上,无法移开。这座房子外,白色的墙壁上用大大的字母写出了一个词,"罪人",油漆从墙面上滴下来。这个词就在门边。

从那栋房子经过的时候,他在座位上转过了头,看着它向身后退去。他不记得昨天路过那里有这样的一个词。接着,他扭回头看看前挡风玻璃,但在后视镜里,他仍然可以看到那栋房子,他看着它,打算转过身对霍莉说些什么。正在这时候,霍莉开口了。

"从你上次来这里开始算起,已经过了几个星期了。"霍莉说,"你至少应该每周来一次。如果你想和我们在一起,应该在周日礼拜的时候过来,威尔。你应该听听圣父的布道,感受他说过的话,感受他思想中的力量和他从灵魂深处给予我们的信息。"

"我会来的,"他说,"我已经错过太多东西了。"

* * *

霍莉在城里的百货商店前让他下了车。他谢过霍莉,从车里爬了出来,抓起了他的包。沿着卡车的路线往回走的时候,霍莉从驾驶室敞开的窗户叫他:"你确定不需要让我把你带到你住的地方?"

"不,"他说,"我需要新的圈套和陷阱,更多的步枪弹药。我的大部分陷阱现在可能都已经没了,被扯坏或是拽走了。"

"好吧,"她说,"那你搭辆便车去那边?"

他点了点头:"是的。谢谢你,霍莉。"

她看了威尔一会儿,然后靠在了敞开的窗户上。"我想帮你。"她说。

"我明白,我一个人挺好的。"

"我想说的就是这个,"霍莉说,"我一直想告诉你,情况已经变了。伊甸之门、圣父、约翰,所有人都变了。我见到了你,可我很担心你,威尔。如果你不开始努力,会被抛在后面或被推到一边。"

她的话有点激怒他。他不喜欢别人告诉他要怎么做,或者被别人质疑自己的行为。"像你一样?"威尔问。

"是的,就像我一样,威尔。我可能也不喜欢那里正在发生的一切,但我知道谁能为我提供面包。我可以看到你仍然在为此做着自己的决定。"

威尔露出了微笑,说:"好吧,如果你是想问这个的话,我反正是不会和约翰睡觉的。"

"操。"霍莉说。她并没有笑,而是把手放在方向盘上,看着前面的路。接着她转过身看着他的眼睛,说:"我可能不同意他们做的所有事情,但我欠他们一条命。你也欠他们一条命。你明白吗?我可能会批评他们,但我总是站在他们的一边。威尔,该是你做出选择了。我已经做好了我的选择。"她张开嘴还想继续说些什么,但还是转动钥匙启动了发动机。

威尔在那里站了一会儿,感到有些吃惊,看着她回到了路上。在这段时间里,她没有回头看他。他觉得自己不应该对霍莉说那么多,但现在已经什么都晚了。

他走进商店,买了几匣子弹,再加一百米左右的二十四号钢丝。此外,他还买了尖嘴钳和钢丝钳,之前的那套工具,因为他每年冬春都在被雨雪搞得湿乎乎的田里使用,已经全都生锈了。他把买的东西都记在了之前朗尼的账上,不知道霍莉是不是会为他付钱。他站在柜台旁边,突然想起了那头小熊,问店员有没有抓海狸的陷阱和配套的浮球,他买了五个,然后从商店里走了出来。他把买的大部分东西都塞进了他的包里,装不下的挂在了一边。

他走到街区尽头,停了下来,盯着一个空荡荡的窗子。他把手按在玻璃上,向里面看,可里面只有灰尘,空荡荡的摊位和光秃秃的桌子。就在一年前,这里有一家咖啡馆,他想知道这里什么时候关了门,它的主人去了哪里。他又走了一会儿,然后穿过马路,出现在面前的是一家酒吧,就像以前一样。

他走上前,看到霓虹灯没有亮,窗户上挂着"暂停营业"的标志。他把袋子放到门边,在外面转了转。透过黑黑的窗子看进去,里面只有阴影和轮廓。他站在那里思索着。他不是傻瓜,从来都不是。

霍莉告诉他,玛丽·梅和她的弟弟今天早晨会回来,他坐下来思索着,接着想起了在小房子那边看到的新刷的油漆。他想知道这是怎么回事,想知道那是不是昨天他问起的那栋房子,也就是玛丽·梅住过的那栋。

威尔思索着,为什么这些乱七八糟的事情越积越多,已经到了这种程度,却没有全盘崩溃。他转过身,回头看着整个小镇。他看到许多建筑物现在都订上了木板,他记得之前,每一扇大门都是敞开的,每扇门、每扇窗户后面都有人,他们在这里做生意或居住。他不知道这些变化是什么时候发生的,也不知道自己是什么时候不再注意这些事情的，不过现在，他注意到了这些变化。

他再次把手放在窗户上，想要看看里面。但是他只看到了窗户像镜子一样映出了他的脸，除此之外，他什么都没有看到。他回到了放包的地方，伸手去试着推了推门，门锁着。他稍稍退后一步，转过身来，走到酒吧的一头，在转角处，他转了个弯，来到了酒吧后面。

后面是垃圾桶和一个储藏间，走到半路他就看到了那扇木门。他从垃圾桶旁边走过，推了一下门。门没锁，这让他非常惊讶。他仍然带着他的枪，现在他把枪从肩上卸下来，握在手里。他绝不认为自己会开枪，但他也知道自己正在进入别人的酒吧，这样的行为可能会导致某种不好的后果。

他推开门，往里看到了酒吧后面的厨房，铺着白色油毡的地面变成了木质的酒吧地板。所有的椅子都放在桌子上面，昏暗的光线正照进黑乎乎的窗子。

他的手停下来，仍然放在门把手上，里面传出了说话的声音。在离这里很近的地方，一个男人正在说着什么，接着是一个女人轻声回应。威尔侧身走了进去。

一个身材魁梧、穿着白色厨师服的男人坐在不锈钢料理台上，他的衣服上有很多污渍。在他旁边，相邻的桌角上坐着一个年轻女孩，他猜测她可能只有二十一岁。两个人都转过头来盯着他，谈话被打断了。

厨师站了起来，威尔转身端起步枪，但他立刻就改变了想法，因为他认出了站在他面前的是谁。"你好，凯西，"威尔说，"你现在在这里做饭？"

那个高中时比威尔小几届的厨师走了几步，接着站在了桌子前面。显然他仍然在思索这是怎么回事。在这半秒钟时间里，女孩看看威尔，又看看凯西。最后,凯西叫了一声:"威尔?"

* * *

那篇文章出现在了当地报纸的头版。这份报纸通常内容不多,而且大部分作为储备物资存放在镇里,被当作引火用的燃料。《纪事报》的后半部分都是销售拖拉机或飞行课程的广告,前半部分大多只是当地的天气,一年一度的激流勇进活动,美国海外退伍军人协会的活动。凯西把这份报纸递给了他。他站在吧台后面,女服务员珍妮特坐在凳子上,看着威尔。

"酒馆老板已经去世。"威尔大声朗读着文章的标题。

他抬头看着凯西,问:"加里死了?"

"他去世两周之前,艾琳也死了。"

威尔的脑子飞速运转。他想起了他们两个,加里和艾琳。他们是玛丽·梅和德鲁的父母,是这家酒吧的主人。十二年前,威尔消失之前,他们是他的朋友。

"上周我们为加里举行了葬礼,"凯西说,"再上一周是艾琳的。他们并排躺在墓地里,周围的草还没有来得及生根。"

威尔读着这篇文章。他回头看看凯西,然后低头看看珍妮特。"玛丽·梅在哪里?"他问,"德鲁呢?"

"德鲁?"凯西问,"我们有几个月没有见过德鲁了。"

"玛丽·梅呢?"

珍妮特看着凯西,似乎是在征求许可,但接着又看向了威尔,对他说:"我们已经几天没有见到她了。她关掉了酒吧,让我们今天回来找她,我们就照做了。我们现在在等她,是时候恢复工作了。"

威尔看看珍妮特,又看看凯西,然后转过身,看着酒吧。他十二年没来过这里了,但却看不到什么变化。同样的深色油漆、木质镶板和啤酒标志,房间角落里的灰尘都一如从前。

他把目光投向凯西。"加里和艾琳葬在了镇上的墓地里吗?"

* * *

威尔低头看着墓碑。他一手拿着帽子,另一手拿着步枪。坟墓上的土还是新填的,地面没有怎么塌陷。他扫视着其他墓碑,有很多他知道的名字。他盯着其中自己熟识的两个人,他的妻子和女儿。他觉得这个地方很快就要死了,因为自己认识的所有人都已经在墓地里。

"他们有寻求过帮助,但没人听他们的话。"

威尔转过身来,看到牧师站在那里。他依然穿着威尔记忆中的黑西装,露出白色的领子。虽然他黑色的卷发中已经有了白色,但他至少比威尔年轻二十岁。而且威尔记得,第一次海湾战争中,他曾是一名炮兵中士,随后他找到了上帝,将信仰带到了这里。

"我没有听他们的话。"牧师似乎想撇清自己。

威尔盯着他。墓地就在教堂的周围,一排排墓碑后面,开着一扇小门,威尔可以模糊地看到里面的椅子和玻璃窗。

"我以为你是来毁掉这里,骚扰我,伤害教堂的。但我现在觉得,你来这里是想亲眼看看你的教会都做了什么。现在我又见到你了,我想知道当你看到这一切的时候,是不是也会像我想的一样?"

"杰隆,"威尔说,"你好吗?"

"很累,我现在一直很累。大部分人都厌倦了这样的事情。"

威尔从车上下来,背着他的背包。他从酒吧出来,在镇上游荡,手里拿着步枪。现在,他仍然拿着枪。他看着杰隆说:"我不是来射杀你,骚扰你,或者把这里烧掉的。我是来寻找答案的。"

杰隆笑了。他其实并不爱笑,他看着威尔说:"伊甸之门有很多答案。圣父对那些寻求避难所的人有很多答案。但我没有答案,我不是那个希望人们相信他是先知的圣父。我是上帝的追随者。我是《圣经》的读者,我不会改变书中的词句来让它符合我自己的错觉。"

"基督啊,"威尔说,"你别胡说八道了,杰隆。发出屠杀的号令,让战争的猛犬四处蹂躏。"

"人们喜欢在战争开始之前引用莎士比亚,"杰隆说,"这可能会让他们在被炸飞,然后觉得自己其实非常愚蠢之前,自以为非常聪明。我他妈能为你做什么,威尔?你想为自己的什么罪孽进行忏悔吗?"

"也许有一些,"威尔说,"现在,我只想让你告诉我这里都发生了什么。"

"几周前艾琳死了。这听起来似乎很糟糕,但我真的认为她死于心碎。"

"怎么回事?"

"大约一年前,你的朋友们对艾琳和加里的评价不高。他们明确表示不希望他们卖酒。他们甚至截住了几辆送酒水的卡车。没有酒就没有钱挣,没有钱就意味着他们必须在放弃房子或放弃酒吧之间做出选择。"

"他们选择留下酒吧?"

"是的,"杰隆说,"但是,猜猜看谁突然出现,买下了他们的房子?"

"伊甸之门。"

"你反应很快,"杰隆说,"就像没有人愿意购买这个地方一样。他们可以提出任何他们想要的支付方式来换房子,他们知道加里和艾琳必须接受。"

"那艾琳呢？"

"她一个月之后就死了。动脉瘤之类的疾病，她压力太大了。"

"加里呢？"

"我们尝试了几次才得到德鲁的消息，但你知道伊甸之门是什么样。你知道他们不听我们的话。于是，加里决定去那里找德鲁，他要把他带回来，这样我们就可以一起为艾琳准备葬礼了。"

"但结果并非如此，是吗？"

杰隆盯着他。他低头看着两个坟墓，然后看着威尔。"威尔，你到底在这里玩什么花招？你还和他们在一起吗？你说你来这里寻找答案，但你好像已经知道了一切。我们别废话了，这是老兵之间的对话，你他妈的想告诉我什么？"

"我开始意识到，也许我只了解事情的一面，"威尔说，"而你似乎了解事情的另一面。"

"你我都知道这就是战争时期的情况。"

威尔看着他，说："艾琳和加里曾经对我很重要，他们一家对我来说很重要。我真是个笨蛋，但我知道这一点。"

"情况变了，威尔，"杰隆举起一只手，指着他们周围的坟墓说，"这个地方证明了这一点。"

"是的，但他们有家人，那么多人。在战争中你有时会忘记这一点。你忘记了家，忘记了那里的人。你和我都知道那是什么感觉，"威尔说，"你出门在外，远离你所了解的一切，这让你觉得那里的生活才是你真实的生活。而家中的生活，正常的生活，你出生的地方，你长大的地方，那里的生活是假的，假的，而你只想重返战场。"

"那是你想要的生活吗？"杰隆问道，"因为我现在年纪大了，也变聪明了，我可以分辨其中的不同之处。我不会像过去那样盲目，我不是傻瓜，会去认为那是一种现实之类的事情。它们是一样的，这样的生活和那样的生活，都他妈只是一团糟。这里大多数人都知道这一点。"他走过威尔身边，看着这片墓地。

威尔思索着该说些什么。他想起了玛丽·梅，想起她是怎么走到那里寻找她的弟弟的。"你是上帝的人，"威尔说，"你曾经在房子上见过'罪人'这个词吗？"

杰隆迅速转过头问："你在哪里看到的？"

"它被画在伊甸之门的一座房子上。我在回忆前一天这个词是否也在那里。"

"我之前看到过，"杰隆说，"我看到附近的几座伊甸之门关掉的房子上写着这个词，房子的主人来到教堂，想要卖掉他们的房子，但是没有人买。没有人愿意住在伊甸之门附近，没有人愿意成为邪教的邻居，于是这两个家庭都离开了。他们悄悄走了，从未说起过。他们甚至没有卖掉他们的地，我想他们认为这里的土地毫无价值。后来我听说伊甸之门从银行手里把地买了下来。"

"你去过那里？"

"他们连续几个星期天没有去教堂，所以我过去看了看。房子都是空的，里面没有一件家具或是衣服，只是空着。有人在房子上打上标记，在人们能看到的地方写下了'罪人'这个词。"

威尔转过身，看着太阳。他回忆着他最后一次见到玛丽·梅是什么时候。他想知道时间已经过去了多久，他希望现在还不算太晚。他回头看着杰隆，问道："你有车之类的交通工具可以借给我吗？我需要回伊甸之门。"

"你还要和他们在一起？"杰隆问道。

"实际上，我从来没有离开过他们。你可以说我这样很愚蠢，但现在已经到了该引用莎士比亚那句话的时候了。"

* * *

玛丽·梅喘着粗气醒了过来，就好像她是在水里睡着了似的。他们在她身上做了些什么，喂了她一些药。

她待在一个黑漆漆的房间里，尽管已经醒了过来，但眼前依然一片模糊。等她的眼睛能重新聚焦时，她发现视野的边缘就像负片的颜色。黑色是白色，红色是绿色。他们把她放在角落里，让她的后背靠着一面墙，脑袋靠着另一面墙。她可以看到光从门下面的缝里泄进来，漫过地板。她想动一动，但发现双手被绑在身后。她想要挣脱，却意识到手指已经麻木了。

他们绑住了她的脚踝，她刚要站起来，就摔倒在地上。她能闻到灰尘和金属的气味，她突然想起，血液就有金属的味道。

她用双脚推开墙壁，慢慢在地板上蠕动着，她抬起眼睛，寻找光线。她的手和手指又活了过来，皮肤上有一股刺痛感，温暖的血液在血管中流淌。她又推了一下墙壁，往前蹭了一些。

他们把她带上卡车，离开了大院。她一直坐在那里。她曾多次起来，又一次次地摔倒。轮胎下方的路面，弹簧在震动，动荡环绕着他们，还有不断升起的松木气味，树枝遮蔽着的星星和月亮。车子停了下来，她知道他们来到了一条从山上流下来的河边。空气变得很凉，空气中充满了水、淤泥和石头的气味。在更远的地方，激流奔涌，流水声越来越急。

她不知道他们为什么会把她带过来，不知道自己的弟弟在哪里。他们把她抱起来，把她从车上拽下来的时候，她环顾四周。他们把她扔在了水边的沙滩上。

"你要忏悔吗?"

她想看看是谁在说话。约翰从及膝的水中向前走了过来,他伸出手,托起了她的下巴。

"你要忏悔吗?"他又问道。

"忏悔什么?"

"你是否愿意为自己的罪孽忏悔?"

她惊讶地抬头看着他。她有一种感觉,现在的情况根本不可能发生,但是这种感觉稍纵即逝。她从内心里觉得,这不可能是真的。

"忏悔吧,一切都会被原谅的。"他说。

她四处寻找着自己的弟弟,但却没找到,约翰的手紧紧捏住了她的下巴。他把手握在她的脸上,保持这个姿势,把她固定在那里,手握在脸上。她感觉他的手指向上抚过她的脸颊。"德鲁在哪里?"她现在终于把这句话问出来了。

"德鲁?"约翰问道,好像他从未听过这个名字似的。"德鲁是我们所有人,我们所有人都是德鲁。你对你的弟弟一无所知。你总是这样,但你现在会看到他是什么,我们是什么,在这里你会得到自己的救赎。"

他放开了她。他退后一步举起双臂,仿佛他把双臂举高能引来一阵雨水。"那些升入天堂的人已经放下了他们的罪恶之心,"他仍然高举着胳膊,大声冲着玛丽·梅和所有带走她并将她压在卡车货厢里的人说,"那些没有背负罪恶的人可以握住先知的手,可以进入天堂。但那些选择不去接受他的怜悯的人,那些不向我们坦白自己的罪孽的人,那些将伊甸之门和天命拒之门外的人,那些缺乏先见之明的人,他们会被投入自己制造的地狱中。火焰将会降临,整个世界将会变成灰烬。"

慢慢地,他放下手臂,接着再次将眼睛移到她跪下的地方。"现在,兄弟姐妹们,我们必须帮助她,帮助她找到方向。"

她可以感觉到周围人们的动作,她可以感觉到他们在她周围越来越紧密地聚集。她呼吸困难,仿佛他们在行动的同时也吸走了周围的空气。她喘起了粗气,努力吸着周围的氧气。他们来到她的身边,两个人驾着她的胳膊把她抬到水面上。她在挣扎,扑打着胳膊和腿,她可以感觉到她的脚趾在沙地上拖过,湿冷而又沉重。

他们带着她一起走进了水中,在她身边,她看到一名男子往水里倒着某种黑色的液体。水面上流动着那种液体,就仿佛油一般,一股鲜花的气味飘了过来,但在黑色的水流中,她并没有看到什么鲜花。

"现在,兄弟姐妹们,你们都清楚流程和原因。我们来到这里是为了完成这个过程,我希望你们都有责任见证以及支持今晚的一切,并在这里支持我们拯救她的愿望。玛丽·梅是一名罪人,我们将成为切除她的罪孽的手。"

她感觉约翰的手抓住了她的脖子,把她往前推了过去,她的头被按进了油乎乎的水里,一直按着。她挣扎着,在漆黑中战斗。她又踢又打,但有两人抱着她,她能感觉到约翰的指甲刺进了她的皮肤。

她从水里冒了出来,吐掉了嘴里的水,还来不及尖叫,但仍然能感觉到他的手在她身后,接着她又听到他的声音。"她反抗我们的拯救,她为了留下她的罪孽而斗争。看啊,兄弟姐妹们,她身上带着恶魔,而这恶魔正在竭力逃避由圣父赐予我们想要传递给她的善意。她会明白,这里没有争斗。她会学着接受她的罪孽,然后用这种方式抛弃它。她会明白,我的手,还有你们的手,是先知的工具,是先知力量的延伸。"

他再次把她按入水中,然后抓住了她。她可以感受到身下液体的流动，感受到一股寒意。这次她没有挣扎，因为她担心他会不让她重新站起来。随着时间的流逝，她的身体开始抽搐，她无法控制自己想要呼吸的欲望，在水中张开了自己的嘴巴和鼻孔。她开始挣扎，而他把她牢牢按住。

她在一间昏暗的房间里醒来，气喘吁吁，仿佛被淹死过一次了，身上的衣服仍然是湿漉漉的。现在她知道他们已经差不多搞完了这套仪式。于是，她手脚并用，朝着灯光的方向爬了过去。

* * *

杰隆将他古老的奥兹莫比尔开下了郡道，来到了悬崖上。威尔已经把所有他能想到的话告诉了牧师，但他明白有些细节自己根本不知道。在向杰隆讲述自己的故事之后，他才意识到自己被伊甸之门和圣父欺骗了。两个人离开了悬崖，望着下面的湖泊和散落在森林里的那些伊甸之门的建筑。威尔知道，尽管他已经明白了伊甸之门是怎么回事，仍然有很多事情还不明白。

"你把他们的位置告诉了我，"杰隆说，"我仍然认为这一切都太疯狂了，你可能也疯了。"

车子穿过树林，随着奥兹莫比尔的移动，威尔瞥到了那边的建筑。他扫视着前方，想要为自己计划出一条路线，在不被发现的情况下爬下峭壁，找到玛丽·梅，再把她带出来。"从这里上去，找到隐蔽的地方就把车停下。"

杰隆转过身来看看下面的土地。"这儿有很多适合隐蔽的地方。"

"我有枪，"威尔说，"我会没事儿的，我会和他们保持距离的。"

杰隆把车停在路边，然后掉了个头。几棵小松树从一根倒掉的滋养木上滋生出来。杰隆在那里坐了一会儿，接着关掉发动机，看向了威尔。他一脸严肃地说:"你知道他们也有枪吗?"

威尔看着他,笑了。"是的,"他说,"我听说了。"

"那你担心吗?"

"只有他们开始使用手中的枪,我才会担心。"

"我可以和你一起去,"杰隆说,"我也能帮忙的。"

"你这就是在帮忙,"威尔说,"如果她在那里,如果他们看守着她,如果我们能够回到这里,我们都需要你准备好让我们离开。"

"好吧,"杰隆说,"尽量别被枪瞄上。"

威尔打开车门,起身离开了座位。"我之前又不是没被枪瞄上过。"威尔说。

"被瞄上也还好。"杰隆说,"被打中就不一样了。记住这一点,尽量想办法回来。"

威尔关上门,他拿着步枪,将帽子戴在头上,从包里掏出猎刀,将早上购买的点308子弹装入口袋。接着,他走进了树林,走到了一个缺口处,向外望着远处的湖泊和伊甸之门。他停下了脚步,用瞄准镜观察着有谁在往这边看。

* * *

一开始,玛丽·梅认为前方的光是阳光,但随着她越来越靠近门边的那条银色,她越来越怀疑自己的这一想法。她躺在地板上,双手被绑在身后,脚踝也被捆着,只能看到门前的空气在轻微地运动。灰尘飘浮着,像缓慢的水流中的原生动物一样。

外面传来了脚步的回声。那声音一直在靠近,仿佛有人在一间很大很空的大厅里走动。脚步声越来越近,她盯着面前的光线碎片,很快就看见了一条阴影穿过细缝,然后停在了她这扇门前。

门开了,灯光在闪烁,她紧紧闭着眼睛,想要转过身去。但这里并没有什么逃脱的机会,她的双手绑着,所以只能滚到一边。她躺在那里,看着整个房间逐渐变得清晰了起来。这是一个标准尺寸的房间,每一面墙上都写满了罪孽。那七个词重复了上百次,每一个都写在蜡纸一般的褪色纸片上,这些纸片被钉在墙上。

暴食。

淫欲。

贪婪。

傲慢。

嫉妒。

愤怒。

懒惰。

玛丽·梅从她躺着的地方翻过身,盯着它们,看着每一个潦草的字。那些像纸片一样的东西歪歪扭扭地被挂在墙上,没有被钉住的地方满是锯齿。她一直看着它们,然后惊讶地注意到了飘在这个房间里的气味。那是带着金属气息的,散发着酸味的人皮,从这一头挂到那一头,有几百块,挂满了墙壁,颜色有深有浅,就像不同的人皮肤的颜色一样。

"你不必担心。"德鲁说。他站在门口,看着里面,他等待着她的眼睛适应了这里的光线,等着她的视线变得清晰。

她滚了一圈,想知道他站在哪里,她看到他的目光扫过墙壁,然后落在了她躺的地方。

"你逃进森林里之后,约翰想杀了你。他曾希望你离开,消失。我要他不要杀你。我想要他放过你,因为我们被教育说要放过一切知道真相的人。"德鲁向前一步走进了房间。他观察着墙上的人皮,然后转身面对她。"这一个，"他指着其中的一块，"这是我的。"

她看着墙壁，读出了上面写下的罪孽：嫉妒。

"圣父和约翰帮我看到了我心中的嫉妒。我一直都很嫉妒，除非我接受我自己的身份，否则这种嫉妒会继续下去。他们帮助了我，让我变得更强。在这个过程中，他们让我知道了我有多么的迷茫。"

"那是你的？"她不明白。她看着他，然后环视整个房间。"这是什么？"她问，"那又是什么？"

他弯下腰跪在她面前，伸手摸了摸她的脖子，接着他的手指划过她的胸骨。"他们在这里文下了文身，"他说，"他们窥视着你的灵魂，看到了你身上的罪孽。在你的胸前文上文身，就是将你的罪孽放到了身体表面。"他站了起来，把放在她身上的手拿开。"你一旦接受了自己的罪孽，就可以将它释放。"他勾起一根手指，拉下了自己衬衫的领子。

她可以看到那里的疤痕。那仿佛是一处烧伤，但她知道那不仅仅是烧伤，而是皮肤被切掉了一部分。她再次望向了墙壁，她看着曾经弟弟胸前的罪孽。接着她看着他，问道："他们对你做了什么，德鲁？你让他们对你做了什么？你不是那样的人。你不是他们以为的那样的人。"

"不，"他说，"我不再是那个人了。你说得对。"他从身后掏出了点38，拿在手里，盯着它，就仿佛这把枪是从海底捞出的宝藏。"他们从来没有平等对待我。他们从来没有想过我会成为像你这样的人，或者像他那样的人。他们一直认为我是次要的。他们从来不想要我。我现在知道了，我知道是他们的罪给了我生命，而我接受了这一点。在他们将这样的生活赋予我之后，我接受了他们，但他们却从来没有接受我。"

"你在说什么?"她问,"妈妈和爸爸爱你。爸爸来到这里找你,他来接你,像我一样,想把你带回去。你要知道,世界上还是有爱的。你必须明白这一点。"

"不。"德鲁说。他带来了那把枪。他向她送出了手里的枪,然后伸手把她拉了起来。"你才是那个不懂的人,你已经被打上了罪人的标记。他们要处理掉你。我是来救你的,我仍然是那个可以救你的人。"

* * *

威尔已经爬下了悬崖,正沿着斜坡前进。抵达湖边的平地之后,他可以透过树木看到那些建筑物。他想象着自己待在那边的情景。树木散落在那边,他的视线朝着湖泊和树干前进。威尔虽然是他们的一员,但也觉得自己必须谨慎行事。他走进树丛之中,用瞄准镜看着那边。

他一下子就看到了之前写着"罪人"的那栋房子,但现在那里已经涂上了白色的油漆。他反复看了好几次,确定自己看到的确实是之前那栋房子。那两个字已经消失了,被涂掉了,仿佛从来没有存在过一样。

利用瞄准镜,他看着碎石路,扫视着每一栋房子。他不知道要从哪里开始寻找,甚至不知道要怎么进行猜测,以及会找到怎么样的玛丽·梅。

十二年前,威尔来到教会的时候,他是来认罪的。他和圣父谈话,并请求他原谅。威尔一直都是镇上教会的信徒,他曾在那里祈祷,祈祷内心的宁静,祈祷能够接受自己所做的事,但他没有得到回应。

圣父告诉他,要有信仰。他把手放在威尔身上,这与威尔所看到的或在镇上感觉到的不同,圣父抱住他,像兄弟一样把他带在他身边。

那时，他对自己的弟弟约翰和哥哥雅各一挥手，他对威尔说："你会成为我们的兄弟，而你和我们之间的纽带甚至比我们之间的血缘纽带更加强大。你将成为我们的家人，我们会把你当成家人关照你，你也会像家人那样关照我们。我们将从中得到安慰，并在接下来的时间里为彼此付出。"

威尔被放开了，他曾与圣父一起站在那里。十几个追随者很快变成数百人。威尔回头看着他的过去，圣父说他要在河里洗涤自己，把自己浸入水中，洗净自己的罪孽。

约翰一直是威尔的施洗者。之后他对威尔说："现在你必须忏悔，你必须忏悔你的罪孽。"

"但我不知道我的罪孽是什么。"威尔说道。

"你知道的，就像你清楚自己在镜子中的反射，之后却忘记了。"

"我看不到，"威尔说，"我迷失了。没有她们，没有我的妻子也没有我的女儿，我真的迷失了。"

约翰像圣父一样抱紧他。他把他带到了河边，带到了一个宁静的旋涡中，那里的水面平缓如镜。"现在你看到了自己内心的罪孽，"约翰说道，"你是一个猎人，是个杀手，是个愤怒的人，这样不好。你就是出于这个原因才来到这里的。你在这里是为了安抚你的罪孽，并抹去你内心的愤怒。"

威尔放下了眼前的瞄准镜。他现在知道他们把她带到哪里了，知道他们对她做了什么，可他担心他明白得太晚了。

* * *

约翰捧着玛丽·梅的头。他把粉末吹到她身上，然后跪下来看着她。在她看来，他把她看透了，透过她的眼睛，同时也穿过她的身体。

粉末像一团烟雾被吸进她的体内，流进她的眼睑，滑进她的喉咙。

"你已经尝过了我们给罪人使用的'极乐'的真正力量，"约翰说，"你没有机会看到这个世界真正的样子，看到它剥去伪装显露在人们面前的样子。"他退后一步看着玛丽·梅。而她却无法集中注意力。一片云在她的视野中移动，她看到的所有东西都开始变形。尽管如此，她依然意识到德鲁和她站在一起，父亲的那把点38仍然握在他的手中，枪管压在她的头上。

"不再需要那个了。"约翰说。他让德鲁放下武器，让他剪断绑住她手脚的绳子，然后退后一步，站在德鲁身后。

她想要动一动胳膊，想要站起身来，但是却感觉到了一份重量，就仿佛整个身体变成了一块石头。她在移动胳膊的时候，感觉空气仿佛变成了某种凝胶。她仿佛一头扎进了一个没有任何固体物质构成的世界，一个很多束缚都被打破的世界。

她动了动，但实际上却没有动。事后，在她的脑子有时间赶上身体的本能表现之后，她也不确定自己究竟有没有动，不知道在约翰的注视下，她是不是像现在感觉的那样，身体是否有过移动。

"我确定德鲁已经告诉了你我想对你做什么，"约翰说，"我确定他告诉过你，我认为你死了会比较好。但我认为这样更好。我认为最好让你知道，他仍然爱你，虽然你并非同样爱他。这就是为什么我们为你打上标记，带你接受洗礼。现在我们要你忏悔，这样我们就可以把你送回去，你依然是一个有罪的人，过着没有得到赦免的人的生活。"

她的头晕乎乎的，她试图将它留在肩上。一切都失去了焦点，甚至在抬头望向约翰和德鲁时，似乎能看到他们已经开始融化了。

接着，她把目光转向了墙壁。那些人皮挂在她周围，被铺平展开，用钉书钉钉住，就仿佛柜子里的蝴蝶标本。现在，那种药物已经充分进入了她的身体,她感觉到一种美。一种罪孽之美,人皮挂在那里,从罪人的胸膛上取下的人皮。

约翰转身对德鲁说了些什么。他表示,接下来的那些行为对爱她的人来说并不容易接受。他告诉德鲁回去等着。他说,只要让她忏悔,这一切都会结束。

德鲁犹豫了一下,但接受了约翰的建议。玛丽·梅很快意识到,她和约翰单独留在了一起,随后德鲁关上了身后的门,约翰走上前站在了悬在头顶的灯光下,他变成了一个只有阴影的形象,在她眼中,那就像她的父亲正在俯视着自己。

她敢肯定,那是她的父亲。当他回到灯光中之后,她更确信这一点了。那是他的脸,他的眼睛,他的手触碰着她的脸颊。玛丽·梅不明白这是怎么回事,她看着他离开,在房间中踱步。很长一段时间,他一直盯着她。她想,是他,一定是他。她想要搞清楚目前的状况,可她能感受到自己的每一条血管中都充满了药物。

她的父亲回到了她的身边,握住了她的手,俯身翻动着她的手掌。他的眼睛在她皮肤的纹路上搜索着,仿佛打算做出一张她的指纹构成的迷宫地图。现在,仪式开始了,声音停了下来,然后又出现了。她听到的声音不是约翰的,而是她已故的父亲的,他在对她说话,似乎要从另一个世界给她带来安慰。他的措辞很谨慎,一会儿开口,一会儿停顿,有些词拖得很长,有些很短促。

"你的手,"她的父亲说,"看看你都对它们做了什么,看看你都让它们做了什么,才让你来到这里。它们被擦伤和割伤,它们受伤了,被滥用了。你是来找我们的,尽管你现在可能还没发现,但你来到这里是为了找到目标。那个目标就是从这双手开始的。它们可能建造出很多东西,甚至很多东西。一根手指的潜力非常大,十根手指就会有无限的力量。"

　　这话中包含着某种表演的成分，和在帐篷布道会和南方浸信会的耍蛇表演之间存在着某种相似性。玛丽·梅正试图理解这一切，她试图理解她看到的眼前的这些，她无法区分面前的这个人是约翰还是她的父亲。她听到他声音的起伏，她想知道死后的世界是什么样的，灵魂是否可以在需要的时候回过头来，以及充满知识的灵魂死后会在她身上看到什么，她是会被宣布为圣人还是恶魔，是会被烧死还是获得拯救。

　　他看着她，然后抬起头，离开了她的身边，来到了满是人皮的墙边。在她的脑海里，这些人皮仿佛正在移动，它们在墙上发出像蛇一样的声音。这些人皮被从身体上取下来，从一个又一个身体上脱离。

　　她不相信，她不相信这是她的父亲。没有人可以起死回生。他走了，他从这里离开了，那不可能是他。

　　约翰把目光投向了她，那目光就仿佛某种捕食者，就像一头美洲狮在黑暗中望着猎物。她突然明白自己在哪里，自己与谁在一起，以及自己正处于危险之中。她想要脱身离开，但约翰紧紧握住了她的手。她低头向下看，看到的却不是约翰的手，而是父亲的，这双手饱经风霜，满是老茧，但充满慈爱。她无法憎恨这双手，反而想握住这双手，就仿佛握住它们就能阻止父亲再次离开。

　　她再次低下了头，看到那个人正在抚摸着她，就像父亲爱抚着孩子受伤的手那样。"在一起，"他的声音现在很温柔，"你的手握在我的手里，握在这个家庭那更大的手里，这里只有温暖，只有理解，只有我们能为你找到你潜在的真正天赋。但如果没有这样的天赋，你就只是你一个人。"

　　他只把她的手指握住了一个心跳的时间就放开了。他对她说的话是真的,她觉得房间里很冷,她感受到空气正在变质,不仅仅是因为皮肤,还因为灰尘、困惑和孤独。

"你明白吗?"他问,"你了解自己的罪孽,了解它如何挡在你的面前,阻止你离开伊甸之门吗?"那个人现在正站在光线下,灯光照亮了他的皮肤,那样子就仿佛她的父亲。他的头发就像蛛丝一般。她现在环顾四周,仿佛刚刚从梦中醒来,她感觉到了一种危险,却不知道它从何而来。她看到的只有她的父亲,她非常想要去找他,抱住他,永远不让他离开。但她站在地板上,觉得身体很重,就好像她仍然在水中,而他从可以呼吸到空气的世界低头看着她。

他又开始说话了。"从你醒来一直到沉入梦中,这罪孽将一直控制着你。但我可以为你阻止它,让它露出表面,然后有一天将它从皮肤上切下。你愿意这样做吗?"他问道。现在他在等她的回复。

她环顾房间。她一块一块地看着那些人皮,然后看着那个人。她的父亲已经消失了,没有人能够取代他的位置,约翰不能,德鲁也不能,谁都不能。她在那里看到的不再是一个人类。他的声音从上方传来,就仿佛在几百米的峰顶上一位神的声音。"我愿意。"她说。

他似乎重新调整了自己的声音,让它在房间里回荡,而在他说话的时候,她根本无法追踪声音来自哪里。"手带来的天赋是美丽的,它们是赋予我们所有人的天赋。它们就像你的舌头、头脑或肌肉。它们是一种工具,但它们被滥用了。现在它们可能会碎裂、弯曲、损伤,甚至断掉几次,但这种伤可以治愈。它们拥有这种力量,这是一种不被遗忘的力量。对于所有这双手所做出的坏事,这双手对你前路的误导,这双手所付出的全部努力都只是在为一个假先知建造雕像。但这双手仍然可以被治愈。它们仍然可以再次成为实现它最初目的的工具。"

现在那个人回到了她的身边，药物的效果渐渐消失了，她看到站在她面前的是约翰，而不是她的父亲。他再次握住了她的手。她很害怕，不是因为她在这里，或是她和那个人在一起。她害怕他说出的话，害怕那些话开始渗入她的内心，像想要支撑她的脚手架一样弯曲和变硬，而且很快会取代她本身的思维。

"我很高兴，"约翰说，"我很高兴'极乐'为你准备了一条通往真实的途径。"他现在将她的双手拉到她领子的位置，然后他开始用她的双手拽住衣领，撕开了那里的布料，直到她感觉到皮肤裸露在了沉闷的空气中。"你的罪孽将飞出你的胸膛，这将成为你记住我们的标志。你会有很多日子思考，最后你会发现只有一个结论，那就是你会加入我们，放弃你的罪孽，并且超越你的生命。但首先我们必须为你做好准备。我们必须把你洗涤干净，因为你的罪孽是嫉妒，这项罪孽会被标在你的身上，让所有人都看见。"

* * *

威尔穿过那边的门，站在长长的走廊里，头顶上每隔三米左右有一盏罩在灯罩里的灯。一共有六盏灯，每盏灯下面都有一扇门。他很多年没来过这里了，但并没有忘记这个地方。他了解房间的位置，以及他自己的文身被钉在了哪里。他知道他们会把玛丽·梅带到哪里。他了解这一点，因为他自己就曾被带到过那里。

他刚刚走上走廊几步，就听到了开门的声音。他虽然走进了一条死路，但反应很快，躲进了最近的那个房间。房间里黑黢黢的，他站在那里把门拉开了一条小缝，面前的走廊在他眼中一览无遗。他想知道，如果在这里被抓到，他们会怎么对他，他们是否能够看出他失去了信仰。他很好奇，这一点在自己身上是不是很明显，他们是否会去他的房子那里，在墙上写下"罪人"这两个字。

在昏暗的灯光下，威尔拉动枪栓观察了一下枪膛，然后小心地将它复位。他听到靴子重重踩过地板的声音，然后渐渐消失。

威尔把门拉开了一条缝，侧身向外看。穿过走廊的人是德鲁。威尔看着他走了过去，他那动作就仿佛机器人一般，每一步都那么费力和刻意，一步又一步，一直走到走廊尽头，回到了阳光之下。

威尔听到了关门的声音，于是他又走进了走廊。威尔不喜欢他看到的景象，他也不知道为什么德鲁没有跟玛丽·梅在一起。威尔开始怀疑自己，但更为玛丽·梅感到担心。

走廊似乎没有什么变化。墙上的木框上排着金属板，从这头到那头，让灯光为它们分开了一两米的间隔。走廊有一排门，通向不同的房间，每一扇门都在笔直的走廊上投下了一条阴影。

他把步枪握在身前，开始前进，脚跟到脚趾，脚下的橡胶发出的声音轻轻地回荡着。如果她真的在这里，肯定是在这条走廊的某处。他看着前方，继续前进着，目光扫过他觉得她可能在的地方。

铰链吱吱作响，然后前方脚步声响起。突然他听到有人说话。威尔知道，那是约翰。

威尔加快了脚步，他迈出了三步，想要藏住靴子发出的声音。面前是嵌在门框内的门投下的影子，他看见约翰就在前方十五米处，于是躲到了一边。他正在和谁说话，但是威尔的脉搏已经开始飞快而响亮地跳动了起来，以至于他什么都听不到。他以前曾有过这种感觉——遇到那头大灰熊的时候，和他的妻子孩子在一起的时候，以及更久之前处于战争中的时候。现在他试图把这种感觉从他身上扯开，让它不要紧抓着自己的皮肤。

他弯下腰来看着嵌在门口的影子，发现约翰转身朝相反的方向走去。威尔看到他又打开另一扇门，然后消失在了里面。威尔走出了隐蔽处，沿着走廊前进。胸腔中的心脏仍然怦怦地震动着他的身体，但他依然在前进。他在往前走，因为他必须这么做，因为他觉得可能没有其他机会了。他想要拯救玛丽·梅，这是唯一的机会。他只希望现在能够找到她，无论她在哪里。总之，现在还不到故事结束的时候。

他迈着和之前一样快速而安静的步伐，沿走廊前进着，来到了那扇后面藏着罪孽的门前，转动门把打开这扇门。玛丽·梅出现在了他的面前，她跪在一米之外的地板上。威尔走了过去，想要帮她站起来，但她的眼睛就仿佛玻璃珠一般什么反应都没有。她衬衫的领子被撕开了，拉到了一边，他可以看到她胸罩边缘和胸骨上裸露的皮肤。他现在想要搞清楚目前的状况，无论如何也要帮助她。

"玛丽·梅。"威尔低声对她说。接着他回过头，看了看身后。他没有关好门，从走廊里吹来的凉爽空气就仿佛看不见的鬼魂一样。然后他转身又回到她身边，想要帮她站起来，但她却没有动。他在她面前打了个响指。"玛丽·梅，你要帮帮我。我们要离开，我们必须离开这里。你根本不知道他们都会做些什么。"

她微微转过头，然后看到了他的眼睛。"你在那里吗？"她问道。

威尔看着她。玛丽·梅的眼睛在她的眼睑下游动，就好像那里松动了似的，但是她的声音让他惊讶了一会儿，因为他发现她的声音是那么清晰和刻意。他又转过身，看着身后。他回到她的身边，说："我可以把你从这里抱走，或者把你扛到我的肩膀上。但如果你能走路，对我更有帮助。我们要想离开这里可能需要付出一番努力。我们可能需要跑起来，而且我不知道如果真的出事了，我们是否能逃得掉。"

她的目光越过了威尔。而威尔想要看着她的眼睛。他看着玛丽·梅把头转向一侧，然后抬起头。"你在那里吗，威尔？你和其他人一样都在那面墙上吗？"

"天哪，"威尔说，"他们给你吃了什么？"

"你在那里吗？"她又问道。

"是的。"他说。他疯狂地环顾四周，急切地想逃走，如果在这里被发现，事情会变得非常糟糕。"你可以帮我吗？你能帮我把你带出去吗？"他没有等待回应，直接弯腰背起玛丽·梅，像背起从山上打来的猎物那样将她甩在肩上，然后转过身来，开始往门那边移动，但被她阻止了。

"不要，"她说，"别带我走。"

"什么？"

"别带我走，放我下来。"

他在门口站了一会儿，小心谨慎地，希望不要被人看见。"你在说什么？"他问。

"约翰只是给我文了身，"她说，"我是来找我的弟弟的，我是来找德鲁的。"

他不想听。他不想听玛丽·梅说什么，他知道他们给她吃了药，他知道她在要他做什么。

"把我放下，"她又说，"把我放回原处，像你找到我那时候一样。"她的声音那么刻意，每个音节异常清晰。"如果我的家人曾经对你很重要，请把我放下。"

威尔转身把她放了下来。

玛丽·梅抬头看着他。她看着威尔的脸，而他也看着她。"德鲁在他们昨晚给我住的房子里，他在那里等着。你知道那儿吗？"

她被喂了药，他可以从她做的每一个动作中看到这一点。但是与此同时，她也保持着清醒，就仿佛在再次昏倒之前的那一瞬间。"是的,"威尔说,"我可以找到那里。"

"我认为他们杀了我的父亲。"玛丽·梅说。她说这话的时候就仿佛这是事后想到的,但威尔知道事实并非如此。他知道她一直在这么想。"你需要小心,"玛丽·梅又说,"我来找我的弟弟,我来让他离开这里,这才是爸爸想要做的。威尔,你能帮我吗?你一直是爸爸最喜欢的一个人,我们知道你没有走,我们一直很怀念你。"

威尔转身看着敞开的大门,现在他正在浪费时间。如果留在这里,他可能会失去生命。现在,他知道伊甸之门的成员都能做些什么。他知道,想让玛丽·梅死在那里的不止朗尼一个人。"那你呢?"

"约翰想要为我文身。他希望在我身上打上标记,这样他感觉在某种程度上能控制我。"

她的声音很清晰,但威尔仍然可以看到药物在她身上的作用。之前把她背起来的时候,威尔感觉她像一袋麦子那么重。接着,威尔再次转身,他必须得走了,他的目光在门口停了半秒钟,然后把猎刀从皮带上抽了出来。他转过身来,把刀放下,藏在地板和她的小腿之间。

"你不能相信约翰,"威尔说,"不能相信他说的任何话。你可能需要自己离开这里,这把刀留给你。我需要找到你的弟弟,搞明白一些事情。如果可以的话,我会尽力回来找你。镇上的牧师杰隆正在西北边的路上,在他的那辆车里等着,就在伊甸之门地盘的上方。我告诉你是因为你可能需要自己离开这里,明白吗?"

玛丽·梅点了点头。

威尔最后看了她一眼,然后转身跑了出去。跑到走廊中间时,他听到后面传来了开门的声音,他迅速向前冲了过去,藏在了之前他藏的那个地方。他回头看了看走廊,约翰走了出来,正看着玛丽·梅等待的那个房间大门。他一只手拿着一个医疗包,另一只手拿着金属手术托盘。威尔知道那上面是文身枪和墨水。

* * *

从威尔离开一直到约翰走进门，玛丽·梅连一丝肌肉都没有动过。她现在只知道，约翰离开的时候，他关上了门，而现在他回来的时候，门是开着的。

她看着约翰走进房间，将医疗包放在地板上，还把托盘放在了旁边。在托盘上，她看到了文身枪和针。除此之外，还有一瓶黑墨水在金属托盘上来回滚动。约翰现在转过身，看着敞开的门。他似乎思索了一会儿，然后回头看着她。"你不会乱动的，对吗？你会安安静静的，对吗？如果你能够接受，如果你能够接受自己的罪孽，乖乖的，不做抵抗，这个过程会更舒服。"

"我接受。"玛丽·梅说。她一动不动。约翰看着她，然后回头看了看敞开的门。

"很好，"约翰说，"我希望我不用按住你，或是捆住你。如果罪人自愿接受这些，事情总会变得容易些。这对我能有些帮助，对墨水和写下的罪孽更有好处。"

他走到门口，站在那里，背对着她。他转过身来，看着她跪在那里，说道："还是一样。我不相信你。"他走到了门外，几秒钟后又回来了。他手里拿着一把金属凳，底座上有一个可以升降的旋转支架。他把它拿到了她身边，放在了地板上。

接着他取来了托盘，从医疗包里拿出棉签和酒精。等把所有东西摆好之后，他坐在了凳子上。"我知道你说过你不会乱动，但是针头可能让你乱动。你乱动的话，就可能毁掉我的作品。我不希望这样的事情发生。"他站了起来，从身上取出那瓶之前他吹在她脸上的粉末，他又打开瓶子,把粉末吹了过去。

那种感觉冲刷着她的身体,就仿佛海浪将要冲上海岸。她再次沉浸在那种感觉中,波浪退去之后,她仿佛被拽出了自己的身体。

* * *

威尔穿过门,走进了下午明媚的阳光中。他无法甩掉那种感觉,觉得自己应该留在那里。他不应该听玛丽·梅的话。他们应该趁着白天离开这里,前往杰隆等待他们的悬崖。

玛丽·梅可能永远无法离开这个地方,这种想法让他感到恐惧。他担心约翰可能会杀了她,闷死她,或以其他某种方式伤害她。威尔差一点儿转身回去,他希望现在还不算迟。但他没有那么做。她被下了药,但她似乎能控制好自己。她应该知道自己在做什么,她要被文上文身,这只是为了将她弟弟从这个地方解救出来而做出的一点小小的牺牲。

威尔知道文身只是开始。他曾看着她,曾抬头看着墙壁上的人皮,看到那里有那么多的人。他惊呆了,那比他想象的还多数百倍。伊甸之门的成员比他所知道的要多成百上千人。虽然他不认识他们,但并不意味着他们不认识他,如果有人怀疑他,那他就完蛋了。

他沿着穿过伊甸之门各个建筑的路往前走,绕过了沿着碎石路建造的那排房子。他半蹲着前进,一只手拿着帽子,另一只手拿着步枪。

威尔经过一栋栋房子,他一直躲在房子后面,然后穿过房子前的空地。他始终无法确定,自己找到的到底是不是德鲁住的房子。很多房子看起来都是一样的,他小心翼翼地绕到了前面。在碎石路上,他看到很多守卫,教堂那边,他看到了更多伊甸之门的男女。路上还有几个人，他站在那里，后背靠着墙壁，伸手摸到了油漆。那个曾经写着"罪人"的地方，油漆还在干燥中，收回手的时候他每一根指尖都沾上了白色，指纹被那些油漆模糊了。

他沿着房子的墙壁向后移动，在衣服上擦了擦手。大部分地方的油漆干了，但有些地方没有干，而且留在了他擦过手指的衣服上。

他又走到了房子的后面，来到了后门那里。他在门前站了一会儿，然后伸出手，转动把手。门开了，把门向内推开的时候，他的手仍然握在把手上。现在他非常小心，不让门碰在墙上。他往里走了一步，看到门后是一条走廊，浴室在一边，卧室在另一边，还可以看到厨房和起居室的一部分。往前走的时候，他的动作非常谨慎，因为白天的光线在他面前进入了黑暗。他再往前走的时候，也在面前投下了自己的影子。他明白，他对此无能为力，只能继续前进。

德鲁背对着威尔，正透过百叶窗望着里面挂满文身的那栋较大的建筑物，他的姐姐就在那边。

"你好，德鲁。"威尔站在通往起居室的走廊尽头。

德鲁转过身来，他的表情很惊讶，但并没有对威尔的出现表示非常疑惑。

"你刚刚加入伊甸之门的时候，我就应该和你谈谈。我应该试一试的，"威尔对他说，"即使我离开了小镇，你的父母依然对我很重要，你和玛丽·梅也是一样。"他又往房间里走了一些。他仍然拿着步枪，但威尔和伊甸之门的其他成员没有什么不同，只要在这片土地上，不管是哪儿，他们都拿着步枪。"我明白，我应该待在这里。我本来能够阻止你父亲的事，但我想很多事情都变了。"

德鲁盯着房间角落里的小咖啡桌，威尔看到那里有一把镀铬的点38。威尔将目光拉回来之后，他看到德鲁又在注视着他。"威尔，你是来杀我的吗?"

"不,"威尔说,"你为什么会这么说?"

"为了我所做的事情。"

"你还什么都没做,"威尔说,"我能帮你。"

"你是妈妈和爸爸的朋友。"

"我知道,"威尔说,"但这只会让我更想帮助你。你知道,我爱他们。你的爸爸妈妈就像我的家人一样,我不想伤害你或是玛丽·梅。"他又走了几步。他看到了德鲁的目光再次朝着点38的方向移动着。

"你不知道我都做了什么。"德鲁说。现在他动了,要拿起他们之间的桌子上的那把武器。

威尔一下子就冲了过去,他放低了肩膀,用全身的重量将德鲁撞倒在了墙上。虽然德鲁比威尔矮十几厘米,可能也轻了二十多千克,但对一名年轻人的冲击全部通过威尔的肩膀传到了他的身体上。他看到德鲁撞上了墙,然后滑到了地板上,但德鲁瞬间就起来了,他扑向了威尔。两人都摔在了地板上。

他们翻滚着撞到了桌子。威尔听到了枪掉在地板上发出沉重的撞击声。德鲁击中他之后,威尔的步枪已经掉了,威尔现在转身想找到它和那把点38,但是还没有找到,突然他痛苦地喊了出来。

德鲁用拳头狠狠在威尔肋骨上打了一拳。威尔想滚到一边逃走,但又被连续打了两拳。德鲁跟了上来,两个人都竭力想要占据优势。威尔将一只手按在沙发上,想要站起来,但德鲁猛冲过来,从后面抱住了他,威尔又摔倒了,松开了抓在沙发上的手,也失去了站起来的机会。

这番努力让德鲁重新倒在了地上,而威尔翻身想要离开德鲁的攻击范围。德鲁跪了起来,他刚刚站起一只脚,威尔抓住了咖啡桌,把它翻过自己的身体，拖到了德鲁跪下的地方。桌子砸到德鲁之后，他举起一只胳膊将它挡开，虽然威尔知道这并没有伤害德鲁，但他看到德鲁已经失去平衡。

威尔起身猛冲了过来，他用和第一次同样的力量冲向了德鲁，把全部体重都压了上去。他们挥舞着四肢倒在了地上，翻滚着，击打着对方。但是德鲁突然打向了威尔的脑袋。

威尔被打倒在地。德鲁起身去拿枪。威尔抬脚挡在了德鲁的小腿前，又把他绊倒在地。现在威尔双手双膝撑地，伸手想要抓住德鲁，只抓到了他的衣服，接着用力一拽。

那把点38就在德鲁面前，他伸出了手，手指却只抓住了地毯，威尔在后面拖住了他。德鲁往后踢着，但威尔设法躲开了对方的脚，现在他的前臂已经伸到了德鲁的下巴那里。威尔向后一勒，拉弯了德鲁的脊柱，切断了他的空气供给。德鲁仍然往前伸着手，想拿到枪，而威尔不停地用力拽着他。

德鲁发现他被拽住了，开始将肘部向后打，打向威尔没有压在地上的胸膛两侧和下部。现在，德鲁还在搏斗，而威尔仅仅抱着他。小个子的德鲁开始用他的手指撕扯威尔，刮威尔前臂上的肉，挠威尔的脸。

威尔一直抱着他，过了一会儿，他觉得德鲁的动作迟缓了下来。他又这样勒了德鲁十秒钟，然后才放手。威尔跨过他拿起了那把点38。他退到德鲁身后，把枪插在裤子前面。接下来，威尔四肢着地，低头看着沙发下面，然后伸出了一只手。当他把手收回来的时候，手里握着那把步枪。

又过了十秒钟，他站在那里，把步枪背到肩上，努力平复着呼吸。德鲁没有打伤威尔的腹部，但是那些动作让他的嘴唇尝到了酸楚，威尔伸出舌头,尝到了血的味道。他体内有什么东西垮掉了,但是他没有时间去在意这些事。他环顾着房间,他知道现在不是静心思索的时候。

他感觉自己已经平静了下来,呼吸也变得安稳了之后,走到了德鲁之前所站的窗前。他看着之前德鲁看的那个方向,教堂里仍然站着几名成员,但似乎没有人注意到房子内部的打斗。

威尔再次穿过房间,低头看着德鲁。德鲁的胸膛难以察觉地在衬衫下面起伏着,他的头歪到了一边。威尔弯下腰,把帽子从地上捡了起来,戴在了头上。他希望有足够的时间和对方理论,他希望能说更多话。他看着对方起伏的胸部。德鲁没有给他其他选择,虽然威尔本希望他们可以离开这里,但现在他知道,要想把德鲁带下山,离开伊甸之门,唯一的方法就是把他扛回去。

威尔从厨房拿了一把刀,从一个房间走到另一个房间,切下了他能找到的各种电器和电灯的电线,回到起居室,把德鲁的脚踝绑在了一起,然后把他的手腕绑在背后。绑好之后,他把德鲁抱在他身边,用那把刀从沙发上切了一块材料,塞进了他的嘴里。

德鲁开始苏醒了,所以威尔拿出最后一根电线,把它紧紧绑在德鲁头上、嘴上,然后在后面紧紧地打了一个结。他再次起身,看到德鲁开始眨眼。在威尔的注视下,德鲁醒了过来,他想要挣脱电线的捆绑。

威尔又走开了,他可以听到德鲁在挣扎,可以听到他想要说话,可以听到他想要挣脱时无声的喊叫。可威尔没有去管他,他可以感受到德鲁在他身上留下的新痕迹,他的前臂和脸上都有指甲的印痕。威尔知道他的脸一边已经开始肿胀,很可能已经开始变色,那些拳头都落在他的脸上和脖子上。

他向窗外望去时,看到的情景和以前一样,但这一次,他望向了玛丽·梅被关押的房间。他看着远处的树,思索着伊甸之门与杰隆等待他的地方，这之间有一段距离。威尔现在想知道，玛丽·梅是否还好，听她的话是否算做了正确的事情。

他从窗子那里离开了，甚至没有停下来和德鲁说什么。威尔弯下腰，把他举在了肩上。威尔猜测他的体重有六十多千克，这重量差点让他没能迈出第一步，但第二步感觉好了一点，接下来就更容易一些了。他曾经背过和德鲁一样重的雄鹿，但那些都是死的，不会挣扎。出门的时候，威尔有意把德鲁的头往门上撞了两次。

"别乱动。"威尔压低声音说，"我告诉玛丽·梅我会带你离开这里，我会做到的。但我们得先去找你姐姐，可是你太他妈沉了，我空不出手来。"

走了不到十五米，他转过身从房屋的间隙望着那条路。霍莉站在那里，仿佛脚被钉在那里似的。她大张着嘴巴，仿佛要尖叫出来一样，威尔盯着他。德鲁在他肩上，枪在另一边，点38插在裤子前面，胳膊和脸上满是血和伤痕。

此时他想告诉霍莉，事情并不像她看到的那样，但他知道事情就是这样。就在她要朝这边走过来的时候，也可能是尖叫着沿着那条路跑到教堂的时候，还可能是呼唤那些拿着自动步枪的守卫的时候，威尔转身跑开了，他仍然把德鲁扛在肩膀上。

* * *

玛丽·梅又恢复了意识，她被冲到了离海边很远的地方，脑袋嗡嗡直响，然后栽进了水里，很长一段时间里，她好像根本不在自己身体里，而是悬浮在某个很深的地方。

现在她开始感觉到胸前的压力。她闻到了约翰用来消毒的酒精气味。她感到一阵刺痛，仿佛电流在她胸前跳动。约翰收回了针头，俯下身来用一块布擦了擦她的胸口，然后低头看着她。

他又坐回了凳子上。她眨眨眼，然后又眨眨眼，想要洗掉眼球表面的阴霾，但不管怎么做似乎都无济于事。接着她看到约翰又一次俯身把针扎在她的皮肤上。她低头一看，发现文身已经完成了一半，黑色墨水出现在了她的皮肤上，凸起的字母边缘有些红肿。

"我很高兴我们能够这样单独在一起。"约翰说，"我喜欢与我打上标记的人共度时光。"

她看着他在凳子上移动着，然后再次用抹布擦过她的胸口。墨水中间有着血迹，她的头晕了一下，然后恢复了正常。

他又开始了工作，她感觉到他将针按下，写出了字母 V，然后把针拔了出来。

"有时候，极乐能够把你留在脑海里，"他说，"我看到它会对人们产生奇怪的作用。我看到他们产生幻觉，在快感中消失。之后他们都告诉我，他们有着一种共同的体验，那就是他们在下面往上仰望。他们正望着一条漫长的道路，或他们仿佛在井底仰望，他们如果能够到达顶部，也就能够回到原处。但许多人对我说，他们担心他们可能永远也做不到。"他又把针沿着 V 划了一遍，然后再返回原位。"你会做到的，玛丽·梅。我可以看出来，你会没事的。一旦你意识到自己的罪孽，一旦你看到它是如何被带到皮肤上的，你就能更好地理解它，你会请求我将它从身体上切下。"

他弯下腰，再次将针头压进她的身体。他已经开始写 Y 了。她感觉到疼痛更加剧烈了，她现在环视着房间，开始想起她跪在这里的原因。她的弟弟德鲁安排了这一切。她现在想起了他，也想起了威尔。她想知道他们在哪里，想知道威尔是否会回来找她。

现在她感觉到一种从未体验过的痛苦。一种沉闷，一种仿佛永远不会消失的疼痛,似乎徘徊在她的胸前,然后滑落包裹住了她的骨头。她低头看着针,她看到那个词已成形。ENVY。嫉妒。这个词发红肿胀着,红色的血液从黑色中露出来。

"差不多结束了。"约翰说。他又回来用布擦了擦玛丽·梅的胸口,然后向后一靠。他对自己的工作非常满意。玛丽·梅看了一眼。这些字母高五厘米,横跨她胸口的上侧。

他又拿布擦了擦。欣赏了一会儿之后,他弯下腰,再次将针划过那排字母,又将每个字写了一遍。泪水开始出现在她眼中,现在她开始想起了自己的双手和双脚,她希望离开这里,走得越远越好。威尔告诉她不要相信约翰,他还说,她可能需要跑,需要离开。他说他会来找她,现在她看着约翰凳子后面的门。门开着,尽管她希望威尔和她的弟弟出现在那里,但并没有。开始听到警笛声的时候,她仍然看着更远处的走廊。现在,约翰停下了手中的工作,转过头,想更清楚地听到警笛声。他站起来四下看着,目光沿着走廊落在了远方,警笛变得越来越响。

他走了出去,站在了走廊里。玛丽·梅低头看着她的胸口。字母在流血。她想要站起来,但身体一直在晃,结果她不得不伸出手来撑在凳子上。接着,她想起了藏在小腿那里的刀。于是,她弯下腰,一只手放在地上。她简直不敢相信自己竟然拔出了刀,并握在手里。

她几乎没法站起来,但她知道自己必须起来。她必须跑,必须找到她的弟弟。毫无疑问,无论威尔想要做什么,是逃跑还是找她的弟弟,他都失败了。她伸出手,试图让身体保持平衡。约翰消失了,她看着敞开的门。她想把一只脚放在另一只脚的前面,但脚似乎是用明胶制成的,她的腿像橡皮筋一样颤抖着。

就在想要好好站起来的时候,她踢到了装满粉末的小瓶子,看到它滚动了起来，然后停在房间的边缘墙壁与地面相接的地方。她蹒跚着走了过去，每一个动作都拉扯着她刚文上文身的皮肤。在她的前胸，从乳房到脖子的部分像是在燃烧，但她一直在前进，眼睛盯着前面，现在可能是她唯一的机会。

她走到了墙边，仿佛她没有预料到自己能走这么快。她重重撞在了那里，滑倒了，她张开手撑着地板，停在了那里，另一只手握着刀。她伸出手指，摸到了小瓶，然后把瓶子咬在了嘴里。瓶子上塞着一个橡皮塞，她咬下了塞子，吐了出去。

警笛声仍然在头顶上响起，但是她能听到那像号叫一样的声音中似乎藏着越来越近的脚步声。她抬起头，用墙稳住了身子，来到了门口，就在这时，约翰回来了。

"你要去哪里？"他微笑着回来了。就仿佛警笛声和他脸上的笑容，都是他们准备的一场游戏。

当他看到她手中拿着的刀时，微笑消失了，他警觉地退了一步。玛丽·梅跳了起来，落在他身上，把他扑倒在了地上。她用一只颤抖的手握住了刀。有那么一刹那，她想用上手里的刀。但那一刻去得几乎和来得一样快。相反，她弯下腰，用另一只手将粉末倒出，倒在了他的嘴边和鼻孔上。她看着他眼中的毛细血管开始扩张，好像一颗星星突然爆炸，变成星尘，抛向了天空。

她推开了他，站起身来，甩着橡胶似的双腿来到了门口。

* * *

在听到警笛声之前，威尔仅仅来得及来到房间，然后把德鲁扔进屋内。那警笛声就像威尔只有小时候才听到过的空袭警报。

他让德鲁坐在那里，绑住的腿放在后面的走廊地板上，后背靠着墙。这栋房子和他们之前离开的那栋一模一样。他穿过房间,又走到了窗前,拉开了窗帘。他可以看到教会成员正在路上移动,但至少他们还没有弄清楚威胁从何而来。威尔转过身来,望向远处的守卫。有两个人没有动,另外两个人现在正在朝他走来。

威尔再次转身,看到了路中间的霍莉。她可能是那个发出警报的人,必须得让她尝尝自己的厉害,她已经看到他身上都发生了什么,可能在威尔看到她之前,她就看到威尔了。现在,威尔看到她指向了之前最后一次见到他和德鲁的地方,然后大致指向他的方向,指出他走了哪条路。

"他妈的。"威尔说。他把窗帘放下来,然后穿过房屋,全程盯着德鲁,看起来德鲁似乎在嘲笑他。"我还没死呢。"威尔说。

他取下了腰间的点38,旋转枪筒,看着里面的子弹。然后他把枪放回了裤子里,穿过房间。他记得曾经在哪里见过丙烷气罐,于是走到了炉子那边,转动旋钮,看着火焰开始变红,接着变成蓝色。

他环视四周,不得不告诉自己要冷静,要控制好自己。他要离开这里,但事情还没有结束。火焰在灶上燃烧着,他转过身来,经过了橱柜和所有的抽屉。他认识这些人,知道他们会怎么想,了解他们的基本价值观。

他来到了放应急蜡烛的地方,拿起一根检查了一下,然后再次弯腰,又找了一些。他还找到了几罐固体酒精,放到了台子上。他从包装内取出一罐酒精,把它撬开,看到了里面那易燃的粉色固体。接着拿过了蜡烛,将灯芯放入火焰,然后放进了打开了的固体酒精罐子中,火焰仿佛变成了紫色。他环顾四周,把罐子带到浴室,关上了门。

从浴室回来之后,威尔看到德鲁已经没有那么好的心情了。他现在谨慎地看着威尔。威尔再次拿出了点38,解除了保险,看看德鲁,又看看火焰依旧跳动着的炉灶。他在脑中计算着时间和距离，思索着他们要多久才能到房子外面，是否能在没有被打中的情况下上山。

威尔回到前窗那里，再次拉开窗帘。他看到霍莉在和守卫说话，她指向了同样的方向。守卫走开了，他们走到房子之间的视线之外的时候，抬起了手中的武器。威尔低头看着前门的把手和插销，伸手一按插销，确保门已经锁好了。

他朝厨房走了过去，把火熄灭，又检查了一下。接着，他回头看了看浴室门和德鲁，德鲁注意着威尔的每一个动作。威尔再次转动灶上的旋钮，气体流了出来，然后咔嗒一声，火起了。他试图把它吹灭，但这只是让火焰跳动了起来。经过几秒钟的试验后，他仍然无法熄灭火焰。

他回头望向后门，看到现在一名守卫的影子穿过了窗帘。威尔转过头，看到另一名卫兵正在从前面接近，威尔之前在打开窗帘的时候就看到了他的身影。看起来他们正在检查每一栋房子，现在轮到这栋了。

威尔转过身来，又看了看火焰。无论他做什么，火焰都那么微小而苍白。开到最大，或打到最小，一直没有得到他想要的结果。知道了这一点，也就知道他可能会以某种方式死亡，他将旋钮一直调到了最小，双手放在烤箱的两侧，把它拉了出来。

声音很大，他抽出的每一厘米对他来说都仿佛一声枪响，或者一枚打向空中的信号弹，仿佛在说，我就在这里。

等他把烤箱拿到距离墙壁足够远的地方之后，立刻爬上了柜子，背靠在墙上，双脚撑在烤箱的后面板上，往前推着。声音非常大，这无法避免。他尽可能地用力推着，烤箱就这样翻过来撞在地板上。他可以闻到煤气的气味，然后他往下看，看到软管正在从墙上脱落，还可以听到房间里的嘶嘶声。

威尔从柜子上下来，穿过后门。他看到窗外守卫的身影，没有停顿，打开门，看到守卫把他的AR-15机枪的枪筒挥了过来。就在对方扣下扳机的瞬间，威尔正好抓住枪筒，一排子弹射到了威尔身体右侧的墙上。

威尔感受到了手中温暖的枪筒，他把那个男人拉进房子，那个人正好倒在德鲁伸出的腿上。在守卫来得及掉转机枪之前，威尔已经从腰带上取下了点38，狠狠地击中了他的后脑勺，那个人的身体瘫软了下来。

在前门处，另一名守卫正在想办法扭动门把。门的机关转动，发出一连串响声。威尔在头部高度打出了一枪，他听到守卫叫了一声，倒在了碎石路上，但威尔认为他没有打中。

威尔看了看第一名守卫，但发现自己没有时间了，他把AR-15的肩带从肩膀上和失去意识的身体上扯了下来。接着威尔举起了德鲁，从房子的后门出去，来到了外面的空地上。这时候，他才刚开始闻到煤气的气味。房子外面，他感觉煤气好像一条被拖在地上的披肩，而他正把这披肩拽到这个世界上。

他已经将点38放回了腰上，两只手紧紧抓住德鲁的双腿，抓在膝盖后面，而德鲁挣扎呻吟着，肚子搭在威尔肩膀上。在另一只肩膀上，威尔仍然背着他的步枪，和之前一样，他从一间房子后面跑到另一间房子。

现在，听到的警笛声音比在房间里更大了。他走在前往教堂的路上。但是一阵自动武器的枪声把他脚边的泥土打翻了，在最近的房子的木头上打出了一排闷响。他甚至没有转过身去寻找谁在开火，便穿过了两栋房屋之间的通道，在另一端停下了脚步。

德鲁比威尔想象的要重,他无法按照自己的想法随意移动。于是,他停下脚步,观察着伊甸之门的成员们开始聚集的那条碎石路,他知道自己跑不了那么快,没法逃掉。他正等着那座房子爆炸,时间仿佛经历了一次永恒。他想知道他们是否切断了燃气,或者在关着的浴室门后面发现了固体酒精。在他身后,他看到现在有三名枪手的影子逼近了他在房子间消失的地方。太阳在他们身后,他可以看到他们的身影和他们携带的长枪。

他看了他们一眼,确定他们到那边的时候,他不会出现在那里,接着他又瞟了一眼碎石路那边,然后尽可能快地冲上了通向教堂的道路。他知道那里有一片高地,如果他能够顺利抵达那里,扛起肩上的步枪,就可能占据有利地形对抗那些被警笛和枪声召唤来的人们。

威尔看到三名枪手在他身后转过弯,走上大路,抵达了教堂。他没来得及多想,看到他们找好了隐蔽。他把德鲁扔到了地上,回到了教堂的转角,向前推动保险,然后将步枪放平开始射击。他打中了第一个人的胸口上部,威尔看着子弹击中他的右锁骨,然后血雾飘在了风中,子弹穿过了他的身体,从他肩胛骨后面的某处离开,那个人倒在了碎石路上。威尔退掉弹壳,一拉枪栓,眼睛盯着瞄准镜。

他可以听到那个人的哭喊声,他可以听到其他人在叫他的名字,但是没有人敢在威尔开枪的时候从他们自己的隐蔽处出来。碎石路上,威尔看到很多人藏在房子里。他看着他们的动作投下的影子,瞄准镜沿着道路扫过,他看到一组五个人离开了一栋房子,冲向了另一栋。他向他们开枪了。但是他把枪筒放低,子弹打进了土地。教会成员扑到了地上,双手双膝撑地,他们要么是回到了原来的地方,要么到了最近的另一栋房子寻求保护。

他退掉弹壳,重新上弹。在路上,那个男人哭喊着要人把他带走。

然后他翻了个身，一只胳膊撑着身体，在路上爬着。下面的泥土和碎石在从他身上流出的血液中显得又亮又黑。威尔再次向他开枪，看到他吓了一跳。子弹离目标很远，威尔已经踏出了脚步，朝着他前进的方向走了过去。这个男人现在太害怕了，他一动不动，只是简单地躺在那里，呻吟和呼唤他的朋友。

威尔退出了弹壳，就在他去装另一颗子弹的时候，他首先看到了一个大个子的影子从教堂那儿转了出来，然后那个人出现了。威尔掉转雷明顿的枪筒，但已经太迟了，那个大个子抓住了枪，朝着威尔一推。他横握着步枪，而那个大个子按着枪托，压在了威尔的脖子上，两个人都倒在了地上。

威尔想把对方踢开，但他的腿和膝盖的位置都不合适。那个男人比威尔高了至少十几厘米，重了可能有二十多千克。威尔努力想要挣脱，他能感觉到对方的肌肉非常发达。威尔试图将枪从脖子上推下来，但这就仿佛在推几百千克的重物，他只推动了一厘米，然后那个男人再次发力往下压了压。

威尔开始失去意识，他看到视野中开始出现黑点。他的头一昏，一时间什么都看不到了。但他想办法控制住了自己，向上推着那把枪。威尔感觉到那个男人稍稍抬起了一些，在那个大个子再次将全身的力气压在威尔脖子上之前，威尔得到了一秒钟的喘息时间。那个大个子嘴里的味道吹到了威尔脸上，他龇出了他的牙齿，正努力把威尔压在地上。

威尔仍然可以听到路上的那个人在呼唤他的朋友，但声音变得越来越微弱了，威尔不确定那是因为那个人在流血，还是因为威尔要被自己的步枪压到窒息而死了。

那个大个子拱起背部，痛苦地喊了出来，他的脸突然变成了一块由静脉和肌肉组成的组织,威尔连忙滚到了一边,他咳嗽了起来,喘息着想要获得更多的氧气。那个男人已经松开了手中的步枪,威尔打了个滚想要控制好自己,他看到那个大个子转过身来,那把猎刀插在他的背上。威尔转过头,看见玛丽·梅正在后退,大个子转过身,抓住了刀。

他追上了玛丽·梅,抓住了那把刀,然后松手了,接着再次抓住了刀。第三次尝试的时候,他终于抓住刀柄,把它从自己的背上拔了出来,同时发出了一声大吼。这种声音威尔只听过几次,没有一次是人类发出的。那声音仿佛动物一般,非常痛苦,在这声音中,威尔听到愤怒和仇恨正在变成暴力。玛丽·梅又退了几步,大个子在向她迈进,威尔的刀仍在他手中。

威尔举起了枪,扣动了扳机,子弹直直地穿透了他的肋骨后部,穿透了心脏。他稍稍转过身,立刻就倒在了地上。躺在那里的已是尸体,不会再动了。

玛丽弯下腰拿起了刀,向威尔走了过来。他可以看到她脸上和衣服上的血迹。她的衣领差不多大敞着,威尔看到血液从刚文的文身上流出,然后在她的胸罩挤出的乳沟中消失。威尔咳嗽着,他仍然无法获得足够的氧气。他们两个现在的状况都很糟糕。

路上的那个男人已经不再呼唤他的朋友们了,但现在有脚步声传了过来。威尔弯下身子,从腰间掏出点38,再次来到了教堂的角落,他把枪管瞄准小山丘,开了两枪。他低下头,看到追过来的人再次散开,很快又全都藏了起来。威尔看着那个男人所在的地方,他看到人们已经来到了那个人身边,这样他就应该能够获得他所需要的医疗救助。

威尔回头望着玛丽·梅,她正在等他,跪在她弟弟的身后,回头看着威尔。威尔绊了一下。他感到很虚弱，但每吸一口气都似乎得到了新的力量。他向玛丽·梅走了过去，弯下腰，从地上拾起步枪，然后从口袋里拿出弹匣装了上去。

"约翰在哪里？"威尔问道。这是他对她说的第一句话，没有问她是否还好，他觉得这样有些不太合适，但他知道现在没有多余时间了。她现在还活着，让她活下去才是最重要的。

"被下药了。"她说，"但是我听到其他人回来了。我知道他们会来的。路上的警报声比那边还响亮。"

威尔望着她身后围着院子的树林。他想起在那个房间里看到的数百个文身皮肤。他见过很多人，但没有数百人。他转身又来到了教堂的转角处，朝着他看到的第一样东西开了火。路边一幢房子的窗户破了，玻璃向窗框内坠落。

他回到玛丽·梅身边，伸手拿起她丢在地上的刀子。他用衬衫擦掉了上面的血，然后收在了刀鞘内。接着他将点38交给她。"还能打三枪。"他看着她站在那里，然后摇摇晃晃地走了过来。

"杰隆还在等我们吗？"她微微转过头，望着远方的悬崖。

"你都没法好好走路了，"威尔说，"还能过去吗？"

"我必须过去。"

他看着玛丽·梅。她的眼睛没有动，她的身上满是自己的血和威尔打死的那个男人的血。"你会做到的。"威尔弯腰搬起了德鲁。他把德鲁扛在了肩上，开始往前走，他感觉到德鲁在绑住他的电线中挣扎，他的嘴巴也被堵住了。威尔没怎么注意到德鲁，他的肾上腺依然冲击着身体，威尔告诉玛丽·梅，要一直往前走，寻找路边的那根滋养木。"杰隆会在那里。"

"为什么要告诉我？"

"因为你需要找到他,你需要告诉他如何找到我们。"威尔现在走到了教堂的转角处,德鲁依然被扛在他的肩膀上,他朝外面看了一眼,几把枪立刻对他开了火。

威尔谨慎地回到了教堂一侧的玛丽·梅那里。"去吧,"威尔说,"他们见过我,也见过你的弟弟。他们不知道你在这里,也不知道你要走哪条路。告诉杰隆,让他沿着州道往前,我们会在两千米外等他。"

玛丽·梅看着他,她似乎不认为这是一个好主意,而威尔知道她是对的。这不是一个好主意。但他也知道,这比他们现有的计划都要好。

"快走。"他说。

* * *

玛丽·梅又是独自一人了。她绕过教堂后面,走进了树林,朝着威尔指示的方向奔跑。她刚走出去大约一百米,透过那排高高的松树,依然可以看到那片大院,这时候,她已经开始听到射击声和男女的呐喊声了。转身的时候,她首先找到了大院的边缘,扫视一周后,看到了更远的房屋。她也可以看到教堂高高的尖顶,大部分伊甸之门的人都聚集在那里。看到他们之后,她卧倒在了林间的草地上。

他们在一百米外,尽管玛丽·梅并不知道他们来自哪里,但她可以看到很多人。有几辆卡车在那里,之前并没有。许多过来的人拿着枪支,穿着防弹衣,那装备好似准备打仗似的。

她观察着,看到几个人转身远离了这边,朝着威尔的方向走了过去。在听到枪声后不久,传来了威尔那把步枪不协调的声音,一枪又一枪地射出子弹。第五声或第六声枪声响起的时候,她想转身回到他身边,但她知道她什么都做不了。

她带着那把点 38 左轮，弹仓里还有三发子弹。她低头看着父亲的枪，不知道威尔和德鲁是否能跑出来，能沿着悬崖向更远的那条路走过去，不过她需要首先找到杰隆。如果威尔来到那条路上的时候，杰隆不在那里，或者威尔得等一会儿，伊甸之门的人很快就能包围并迅速压制他。和她一样，威尔只有不断移动，才能占据上风。如果她没有移动，如果她不跑起来，现在不跑起来，玛丽·梅、威尔、杰隆，甚至她的弟弟德鲁都会死了。

她开始跑了起来，沿着威尔告诉她的那条路远离了湖泊。现在药物的影响都已经消失了，要么在她的体内变成汗流了出去，要么被自己的肾上腺素中和了。第一颗子弹击中最近的树干的时候，她正在往山崖上延伸的密林那边前进。她转过身来，看见伊甸之门的十个成员正在向她这边赶过来，毫无疑问，她正朝着悬崖，沿着上面那条她希望用于逃生的道路奔跑。

她来到山坡，开始攀登，六七支枪射出的子弹正打进泥土，树干碎成了木屑和落下的树枝。但在随后的一瞬间，所有枪声和子弹的声音都停止了，半秒钟后，她觉得整个世界都被吸进龙卷风的漩涡中，整个世界变得无声无息。

先是爆炸产生的光线抵达了她这里，紧接着是声音，玛丽·梅转身看到一朵蘑菇云在扩大，在伊甸之门大院上方向更高的地方移动。她伸出双手爬上了山坡，把脚插进了斜面，回头看着来时的方向，一股新的烟柱在下方的松林之间升腾而起。她挪了挪位置，直到她看到房子的废墟。下面的棕色和绿色的广阔大地上出现了黑色的补丁。威尔没有告诉她房子会爆炸的事，她盯着房子所在的地方，时间比她应该耽误的要长，她想知道威尔和德鲁现在是否在那里面。

她没有时间细想这些了。她无法解释那边都发生了什么，尽管很担心，但她还是必须相信威尔和德鲁没有原路返回，最后没有留在那栋房子里。现在，她看到几名教会的成员跟着她进入了森林，就在他们转过身来看着这场新灾难爆发的时候，玛丽·梅穿过了斜坡，像高山动物那样迅速移动了起来。现在，她在向山上移动，随着斜坡开始拐弯，她的领先优势越来越大。

太阳还挂在天上，但已经开始向地平线落去，她可以感觉到皮肤上的寒意。约翰把这件衬衫的中间撕开了，胸部暴露的皮肤上覆盖着汗水、血迹、墨水和她自己逃跑时蹭到的污垢。有时候她能完全站起来，但大多数时候她都得伸出手往上爬。在前进的过程中，枪紧贴在裤子后面。

她又回头看了一眼她走过的路，视线越过斜坡。除了摇动树枝的微风，她什么都看不到。没有跟随她的人踩住松动石头的声音，没有枪声，没有呼喊。这个地方在她看来非常普通，而在这一片混乱之中，这种平静反而更让人害怕。她最后一次回头看着她穿过的小路，然后再次向斜坡上方移动。她一直认为，如果能听到森林和湖岸的这片土地上哪怕有一声枪响，她可能就会对威尔和她的弟弟放心一些，但是她一直没有听到什么声音，所以她比之前更加害怕了。

她翻过了山顶，露在外面的锁骨冒着冷汗。透过树林，她能看到前方的道路。她站起身，全速奔跑了起来。在半路上，她看到了杰隆。他就在她想象的位置靠南一些的地方，甚至比她希望的还近。

牧师杰隆在路上遇到了她。她倒在了他身上。在转身回到那辆古老的奥兹莫比尔之前，他只抱了她一会儿。"威尔在哪儿？"他看着她冲出来的树林，"他不在你身边？"

他们两个人来到了汽车那里，牧师帮玛丽·梅坐在了里面。她重重地喘息着，皮肤上的汗水让她感到一股凉意，她从未有过这样的体验。

"威尔怎么样了？我听到了爆炸声。我走到山边，但除了烟雾缭绕的树丛之外，我什么都看不到。他还好吗？"

这对她来说是一个难题。她没有时间去想这件事，头脑中没有其他想法，只是要逃，要跑，要爬，赶快从这里出去。但现在，杰隆在等她的答案，她不知道该说什么。她回头望着森林。她非常希望见到威尔和她的弟弟出现在那里。她希望看到威尔自己跑出来，她想找到他们在哪里。但那里并没有人。只有风吹过树林，空荡荡的树林凝视着她。"我不确定威尔是否逃出来了。"玛丽·梅说。她的眼睛仍然停留在森林的地方。

"他死了？"

"我不知道。"她转身不去看那片树林，看着杰隆，看着前方的路，说，"我们得离开这儿，否则就逃不出去了。"

牧师看着她，然后关上了车门。他绕到车前，拉开了驾驶室门，坐在驾驶座上。他向前倾身，发动了引擎。

"我让威尔去找我的弟弟，"玛丽·梅说，"但我们没法一起出来。威尔和德鲁走了一条路，而我走了另一条路。威尔说他们会在路上等我们。但我不确定他们现在有没有出来。"她能感觉到自己的声音变得有些嘶哑了。这是在杰隆的车里，这是近一天来她第一次有机会坐下来思考自己的存在。她意识到，伊甸之门确实非常非常危险。

杰隆一踩油门，车子开始沿着道路前进。她看着前面，然后转过身来，回头看看她上山的地方。她想知道她的弟弟和威尔是否还活着。

* * *

威尔告诉她"快走"，他看到玛丽·梅转身跑向树林，这是他看到的最后一幕。

他把德鲁扛在肩膀上,这个人的重量足以让威尔弯下了膝盖。但是他在想,让自己陷入了这种困境,还像个傻瓜一样说自己能把她弟弟带走。现在该怎么办呢?

他迈着沉重的步伐小跑着,穿过湖边起伏的土地,他的靴子踏过泥土。他从教会坐落的那座小山上下来,跑到了低地上,这片土地几千年前被流动的冰川穿过,但现在却长满了蕨类植物和树木。透过前方稀疏的森林,他能看到山脚,山坡崎岖地向上延伸成了一座悬崖,道路就在崖顶。挂在肩膀上的步枪摆动着,德鲁的重量压在他身侧。没有人向他开枪或是跟着他,他一边走一边慢慢回头,看着教堂和伊甸之门。他想知道这是为什么。

卡车的声音让他愣在了那里。他完全转过身来望着大院,五辆卡车正驶入大门,那里尘土飞扬。威尔毫无疑问地知道,这天他所经历的一切与即将发生的事情没有任何关系。

卡车驶过了车道,绕过了那些房子。威尔距离教堂几百米,站在湖边的森林平原上,他正透过松林看着那边,但如果他们想要转弯去找他,松树的密度并不足以挡住卡车。

前面,就在他要去的那个方向,他还要走五百米左右才能抵达能够提供保护的悬崖那边。他暴露了,尽管从教会下来走到这里,穿过围绕着那片土地的篱笆的路上,他也会感到孤独而寂寞,但现在一股绝望般的孤独感又从他的骨髓里冒了出来。

威尔迅速将德鲁拖到地上,然后举起步枪将瞄准镜放在眼前。他看到卡车还在前进,它们就要到教堂了。许多伊甸之门的成员正在那里等着。威尔把瞄准镜移动到人群的时候,他认出了霍莉和其他几个人,他看到他们都指着大院外,树林外,他所站的地方。

他将步枪摆好,然后弯下腰,把德鲁抓起,放回肩膀上。德鲁挣扎了一会儿,但威尔尽可能快地穿过低地。第一声枪响,子弹从他头顶一两米处掠过,嗡嗡作响。接下来的那一枪差得更远了,他看到子弹射进了左边一棵松树的树干。威尔继续前进,他转身穿过整片地区,想要让他和那些向他射击的人之间尽可能都是森林。

他回头看到五辆卡车都停在了教堂旁边,而人们从卡车,从货厢里面出来了。他看到步枪遥远的闪光,他听到了枪声。子弹从他面前三十厘米处穿过。他们在那里有一个他这样的人,有瞄准镜和狩猎步枪,威尔现在知道被击中只是个时间问题了。

威尔继续跑着,他跑进了两个起伏的山丘之间的一个小凹谷中,凹谷底部有一条干涸的小溪。当他回到另一边的高处,转身向教堂望去,发现只有两辆卡车停在那里。尘土悬在空中,他毫不怀疑另外三辆卡车正在往他这边来。

他爬到了丘顶,正在这时,另一颗子弹把他脚边的泥土撕开,尘土飞溅打在了他的胳膊和身体上。他知道这一发不会打中,但他知道子弹越来越近了。他来到丘顶,从对面走下来,之后停了下来,看了看背后。一颗子弹切断了空气,威尔扑在了地上。被堵住的嘴在下面喊了一声,德鲁从他身边滚到了一边,躺在山坡上,仍然想要挣脱缠住他的手腕和脚踝的电线。

威尔可以听到卡车正在向这边靠近,碾过碎石和泥土的声音在附近的湖泊和树林中回荡。他继续向前看着。这里有很好的掩护,但是他知道如果他们找到他,开始实施包围,那么他也撑不了多久。往前看,他听到发动机的声音越来越响,正在远离大院。突然他看到了他们。他们进入了视野,车子驶得飞快,只有挡路的树能延缓他们的速度。

没多长时间，三辆卡车就都闯进了空地，穿过了树林里的一片荒芜的草地。威尔看着他们正在接近。他的位置略高于他们，于是他不时看到他们消失在了松树和灌木丛后面。司机驾车穿过起伏的路面，驶入空旷的区域，引擎轰鸣着，将车子推过空旷的草地。教堂坐落的那座小山上，步枪又一次闪出了光。子弹击中了他身前的土地，溅起了泥土和岩石。

没有时间了。威尔只有一种病态的感觉，感觉自己的毁灭即将到来。另一颗子弹射了过来，又溅起了一团尘土。他看到那个男人站在教堂边剩下的两辆卡车其中之一的货厢上。他站在那里，步枪支撑在驾驶室顶上，他可以在渐渐落山的太阳的照射下看到那里瞄准镜的闪光。

威尔拿起自己的步枪。他估计现在那名狙击手和他之间差不多有四百米的距离。他看着附近晃动的草，看着他和教堂之间的树，估测着距离和侧风。他考虑着子弹的下落，甚至开始祈祷。接着，威尔把瞄准镜放在了眼前，他想如果今天有一件事要做，那就是这件事了。

步枪弹了起来，威尔只来得及把瞄准镜重新放回眼前，他看到卡车上的那个人向后倒了下去。

现在，那几辆卡车已经穿过了那小片草地，威尔用瞄准镜看着他们，发动机轰鸣着，乘客位上的人指着前方，一个人从开着的窗户探出身子，手里拿着突击步枪，卡车载着他们疾驶而来。现在双方之间的距离只有不到三百米了。

威尔拉动枪栓。然后，他的视线穿过他们之间的松林，瞄准着。他开枪了，然后拉动枪栓。他一直趴在那里射击，子弹闪着光在车身上弹跳，划过。他看着最近的那辆卡车上的挡风玻璃碎成了蜘蛛网。他一直在拉动枪栓，直到弹药耗尽。弹壳散落在他身边的草地上，带着枪筒的灼热。

卡车正在吞噬这片土地，穿过森林地带和遍地生长的树木。威尔在袋子中翻找，拿出了最后一匣点308弹药。一些人倒在那里，在低矮的植被之间消失，和弹壳及草叶躺在了一起。他再次上膛，拉动枪栓，然后迅速开火，以最快的速度射出子弹。

他打掉了卡车上的一块镜子，放掉了一只轮胎的气，看着司机为控制住车子努力着。卡车滑倒了，一边翻了过来，沿着斜坡滚下去不见了。威尔再次开枪射击，子弹穿过另一辆卡车的发动机舱，卡车停了下来。甚至那些人在为了躲避而移动的时候，威尔还在开枪。第三辆卡车驶到了离他一百米的范围内，他已经差不多没有子弹了。威尔现在站起身跑了起来，他知道如果自己不动，他们很快就会抓到他。

他来到了德鲁身边，肾上腺素依然在飙升，威尔把德鲁扛上了他的肩膀，他的大腿感觉就像被点燃了一样。就在这时，仿佛卡车压在了他们身上一样，那座小房子爆炸了，透过森林可以看到火光，接着传来了声音。

威尔转过身看着火光，他以为房子不会爆炸呢。如果房子会爆炸，那些气体应该已经开始燃烧了。那栋小房子不在那里了，火焰和烟雾升了起来。他看到那些伊甸之门的人，那些在卡车上追着他的人，他们和他一样震惊。

最后一辆卡车转了个弯。他看着司机转过身来，望着后方，仿佛那个火球可以穿过这片土地追上他们似的。威尔停顿了一会儿，他知道现在正是他前往悬崖和那边茂密的树林的时候。

他又跑了起来，感觉脚上像有两块石头正向后拉着他的身体，胸腔内的心脏仿佛在往血液中泵送某种酸性物质。尽管他之前一直沿着一条相当平坦的小路前进，现在他走下了一处小山丘，跑进了洼地。

他躲避着后面的卡车,沿着可以看到的两条陡坡之间的弯道,直接前往山崖。

就在他来到悬崖前的同时,卡车在山丘边缘发出刺耳的声音,司机控制车轮,发动机内的齿轮转动着。轮胎和发动机的印记吞噬了威尔在离开稀疏的森林地带之前留下的痕迹。威尔努力朝着陡峭的斜坡前进,每走一步,德鲁就会哼哼一声,卡车速度很快,碾过树林中到处都是的灌木丛。

乘客座位上的枪手把身体伸出窗外,开始用一把冲锋枪射击。子弹在树丛中扫过。威尔滑了一下,但很快就控制好身体,他的一只手紧紧抓住德鲁的双腿,另一只手伸向山坡。他现在正要沿着斜坡向上移动,自己的体重和德鲁都压着他。他滑出去一米多,然后才踩在地面上。接着他伸出手,阻止想要滚到一边的德鲁。

现在,威尔转过身来,拿起步枪。他看到卡车走上了下面的一条小路,枪手仍然在乘客座位上。威尔把瞄准镜放到眼前开火。子弹打中了那个人的右上臂。他转了个身,然后从门上掉了出来,慌乱地绕到了货厢后面寻找掩护。

司机和乘客都穿着防弹衣,威尔能够看到他们每个人都在卡车后占据了一个位置。他只剩下一颗子弹了,把那颗子弹推进了枪膛。威尔暴露在了山坡上,他将脚后跟踩入松散的土壤和干燥的松针中,背对着德鲁,树下松针到处都是。

冲锋枪的声音在陡峭的山顶上响起的时候,子弹疯狂大量地射进了他们周围的树干和灌木,威尔用瞄准镜望着那边,等着那个人进入视野。就在那个男人转身跑向他所在的树林和斜坡的时候,威尔开火了。子弹射进了那个人一侧的肋骨,防弹背心的两块板之间。那男人立即倒在了地上,枪落在前面三十厘米的草地上,但他并没有伸手去拿枪。威尔将瞄准镜放在他身上，他看到那个人的眼睛一动不动。

没有子弹了，威尔最后看了一眼卡车和藏在后面的司机，然后把德鲁拉了过来。德鲁笨拙地站在斜坡上。现在，他把德鲁带到了这么远的地方，他已经非常虚弱了，威尔在同样的山坡上往德鲁所在的下方移动了一些，他把德鲁的肚子顶在他的肩膀上，弯腰把他扛了起来。他感到自己的肌肉正在努力保持自己的位置，继续往山上爬，因为他们和玛丽·梅都必须找到杰隆。

向后一看，他已经差不多来到了悬崖顶端，那个司机正在树林中努力向上爬着。那个人像所有其他人一样穿着防弹背心，威尔可以看到他肩膀上方露出的霰弹枪的枪托。当他往上爬的时候，枪在他的身后晃来晃去。

威尔已经什么都没有了。他透过树林看着前方，低耸的岩石在悬崖峭壁上延伸着。透过灌木丛和树木之间光滑的岩石表面，他看到一些泥土和碎石，那里可能是道路。他继续前行，他唯一可以听到的是自己的心跳和踏过地面的靴子声音。他知道他已经耗尽了体力。现在他已经感觉不到皮肤上的汗水，胃和舌头绝望地想要获得水分，他觉得每一步都会是他的最后一步。

他来到了一块岩石的顶部，大约十五米外，一条道路沿着一条沟壑延伸着，穿过树木间的一片空地。威尔看看身后，已经看不到那个司机了。现在把德鲁带到下面的沟壑里，就像让他在没有绳索或氧气的条件下攀登珠穆朗玛峰一样艰难。

威尔瘫倒在地上，跪在了那里。他把德鲁放到地上，然后站直了身子。他背着德鲁，穿过森林，爬上悬崖，似乎每一块椎骨都融在了一起，变成了一根硬硬的骨头。威尔不想再背起德鲁了，他的目光遇到了德鲁期待的眼神，于是他伸出一只脚，将他踢下了通往道路和沟壑的斜坡,威尔可以看出,在雨季那里会有一条小溪流过。

威尔又开始往上爬,他看到那个司机穿过一两百米外的那片树林。威尔没有多想,他往他那边踢下了很多石头。在下面,那个司机将枪从肩膀上卸下来,向上爬向了一根从土里露出来的粗糙的树根。他努力向上爬着,紧紧抓着树根固定住自己的身体。威尔把步枪从肩上卸了下来,但手里却没有子弹上膛,于是他从腰带上抽出了猎刀。他握着刀子,俯视着德鲁躺着的沟壑底部。

司机在穿过树林的时候,发出了一些其他声音。威尔能听到他的脚步从树林间走上光滑的石头产生的变化。威尔向前稍稍倾身,他可以看到那个人小心翼翼地移动到岩石的边缘,举起了霰弹枪,他看到了斜坡底部的德鲁。司机跨过了悬崖边缘,开始往下前进,直奔德鲁而来。

威尔等待着。那个人现在离他不过三米。威尔躲在那里,一只手握着刀子,另一只手抓着泥土和碎石。德鲁瞪大了眼睛,看着司机向威尔走去,等到司机发觉情况准备转身的时候,威尔已经抛出了手中的泥土,迷住了司机的眼睛,然后用刀砍向了他的脖子。

两个人一起倒在了地上。司机发出了微弱的死亡前的呻吟。二十岁的时候,威尔在世界另一端的另一个国家曾听过这种声音。司机的血液从气管中涌出,他努力想要让空气填满他的肺,发出了咕咕的呼吸声。威尔曾经听到过他杀死的人发出的声音,也听到过躺在他怀里的朋友发出这样的声音,而他仍然和当时一样讨厌这种声音。

今天他所做的一切都无法改变,他感到很无助。有的人因为他而死,死在他的手中,虽然他知道死的不是他们就是他,但他仍然无法接受这一点。很久之后,他仍在思索这一点。

现在这种感觉正扑过来。在战争中,他是谁;战后回家,他是谁；现在他又是谁——时间和悔恨让他变成了什么样子？他的妻子和女儿的死像一个永远无法愈合的伤口。他因为她们而成为现在的他，他在这一切中扮演着自己的角色。他再也无法转回头了，他不能隐藏起来，期望一切都消失。他知道他现在在做某件事情，他希望这足以让他得到赦免。不知为何，他希望这是他为了从上帝或其他什么决定他命运的存在那里获得饶恕所需要做的事情。他造成了那么多的痛苦，却没有做什么来赎罪。他希望现在做这些就足够了。

  他看着德鲁，德鲁也正看着他。威尔现在非常痛苦，各种想法似乎从威尔的脑海深处爆发出来，然后渗透到每个裂缝中。他想知道他是否输了。他太累了，非常疲倦，他再次感觉到某些东西在他体内躁动了起来。他把它咳了出来，站在那里看着它，一块高尔夫球大小的血块。他的胃里肯定出现了溃疡，这是他对伊甸之门的恐惧和疑虑的现实表现。

  他又看了一眼德鲁。德鲁盯着他，脸上露出恶心的表情。威尔的脑袋嗡嗡直响，他差一点儿晕倒，但他知道他不能那样。现在只有汽车轮胎的声音阻止了他晕倒。然后，从路上的某个地方，他听到了车子引擎的声音。他从刚刚死掉的男人手中拿过枪，威尔趴着那里，枪托抵着胸膛，枪管指向那条路。他现在根本不想动，就等着看谁会出现，如果出现的是那些人，他会打出所有的子弹。

第四章

  我作为真正的先知走在人间。我将把这些话传播给所有跟随我的人，以及那些听从政府，也就是伪神警告的人。因为我就是信使，对那些我会伸出我饱含友谊的手的人，对那些愿意拉起我的手的人，对那些愿意拥抱我们的家庭并将我们留在他们心中的人，他们就是我们中的意愿。他们也是我们的使者，他们也有我们的爱。就这样，我们将团结一致，无论我们走到哪里，我们都是伊甸之门的追随者。在每一种生活，每个阶级，每个家庭里，在田野、森林或城镇中，我们都会找到有着同样心灵的兄弟姐妹，因为我们就是他们，他们就是我们。

——蒙大拿州希望郡，伊甸之门圣父

威尔醒来的时候，天空是一片淡蓝色，就像在月亮最圆的那几个夜晚一样。他睡着了，头靠在奥兹莫比尔的后座的窗口上。他坐起来，感觉自己的每一块肌肉都像阳光下陈旧生锈的金属。他只看到了他自己，不过玛丽·梅也像他一样，头靠在前排副驾驶的车窗上。杰隆不在驾驶室，德鲁也不在。

威尔现在环顾四周，发现他的脚下放着他从那个死去的人手里拿来的防弹衣和霰弹枪。他自己的步枪和玛丽·梅一起都在前面，他向前探身，看到它放在她的膝上。他突然感觉一股恐惧感正逐渐升起。他独自一人，杰隆或德鲁可能被带走了，睡在那里的玛丽·梅一动不动，她可能真的已经死了。

威尔伸出一只手，将手指按到她的脖子上。他立刻就感觉到了一股温暖，手指下面是静脉内血液的脉动。他把手收回去，望向蓝色的夜空。田野向四下铺展开来，其中有几座农舍，有一些没亮着灯，但还有一些则从窗帘后面透出微弱的灯光。

他打开门，带着霰弹枪，小心翼翼地关上门，然后站在土路边缘的草地上。杰隆把车停在堤上。威尔可以看到两边平坦的原野，月光照在大地上，没留下一点阴影。

威尔走到堤边向下望着，看到一条斜坡从他这里伸入下面的溪水中。每个夜晚的天空都会因为天气和月亮的圆缺而变化，微光中，波光粼粼的水面映出了天空。他睁开眼睛看到杰隆站在上游三十多米外的地方，而德鲁坐在他右下方的草地上。

威尔听不到他们在说什么，但他可以看到他们俩正盯着河对面的四匹马。威尔沿着小路走了过去，然后停下了脚步，最后看了看停在那里的奥兹莫比尔，沿着斜坡向下面的水走了过去。他走到距离他们一米多的地方的时候，他们转身望着他，直到他站到杰隆旁边。

"美丽的生物。"杰隆说。他的眼睛盯着溪边的马。四匹马并排站在那里,头部伸出了铁丝网。每一次低头,它们都能吃到从水里长出来的高高的牧草。

威尔看着马,然后看着杰隆。他弯下腰,注意到德鲁坐在那里,双手仍然绑在背后,但是威尔发现,他的嘴没有被塞住,脚踝上的绳子也解开了。"你不该在他身上冒这种险。"

"他曾在我的教堂做过礼拜,我没有忘记这一点。"

"嗯,我不确定他会像你一样记得。"威尔说。他用一只手抚摸着脸颊,感觉到了德鲁的指甲留下的痕迹。"你真的应该小心一些。"

杰隆亮出他手中那把镀铬点38,看看德鲁,又看看威尔。"忘记我们现在要解决的事情并不算难,尤其是用这种聊天的方式。"

"他一直在给你传福音吗?"

"他们似乎总是如此,"杰隆说,"好像他们从来没有听过圣父之外的其他人的声音,从来没有读过他称之为《圣经》之外的书。他们都躲在它的后面,甚至包括德鲁。"

"你呢?"

"我?"

"你的宗教有什么区别吗?"

"我不会强迫任何人相信,"杰隆说,"其实我在这里只是一名翻译。有时,即使对我来说,《圣经》仿佛是外语写成的。我不是那个能最终解释一切的人。我不是,上帝也不是。你必须去做你必须做的事,无论上帝是否与你同在。另外,我不会去找借口。"

"似乎你们已经在这里进行了一些讨论。"

"我不会那么说的。"

"那你会怎么说?"

"我会说我们正处于一场僵局之中。"

威尔看着德鲁。他正在看那些马,但威尔知道,他在听。"他是怎么说的?"威尔问杰隆。

"他说我们无处可逃,伊甸之门会一直追着我们。他说无论我们走到哪里,无论我们发现谁可以帮忙,他们的生命都会被剥夺。他说约翰会将所有建筑夷为平地。"

"约翰会很开心的,对吧?"

杰隆看着那些马,接着转身看着威尔。"我们不能把德鲁和玛丽·梅带回我的教堂或酒吧,这两个地方都太容易找到了。"

"我知道,"威尔说,"我觉得他们给我的小屋也不行,我们不能回到镇上,那里有太多眼线了。"

"玛丽·梅需要就医。我们需要去的一个地方,可以让她洗掉约翰给她文的文身。"杰隆看着威尔,"你也需要治疗,德鲁说你病了。他说我们不应该相信你,你只是一个行走的死人。他说你咳血,差点儿在他面前昏倒。这是真的吗?"

"我没事。"

"我可不觉得没事。"杰隆说。

"我可以自己治疗。我只需要时间和空间。我们需要离开这里,现在。"威尔说。

"我不知道该怎么办。"德鲁说,"伊甸之门一直在注视着我们。而且我认为没有任何理由不这么想。"

"嗯,我也这么认为。"威尔望着远处的原野和房子。他非常坚定,即使是现在也有人正看着他们。他走了几步,然后跪在了草地上,把霰弹枪放在身边。他从小溪里舀了一些水,扑到了脸上。他洗了洗脸颊和脖子,然后将前臂浸入水中,感觉到液体漫过皮肤上的伤口,很凉爽。

他仍然很渴,但他知道自己的包里有水。他站在那里,看着德鲁。这件事情困扰着他。威尔想起了朗尼,他想起了那个人一直坚持的保证,直到他走到了边缘。威尔捡起了霰弹枪,走到德鲁坐的地方。他把枪管对准对方的前胸。"你知道我们不知道的事情吗?"威尔问。

"威尔,他们会烧死你,会把你扼死,用你自己的肠子把你绑起来,接下来,他们会把你烧死。"

"德鲁你这个浑蛋!"

德鲁想对他吐口水,没有吐中,口水落到了草地上。

"浑蛋!"威尔又说了一遍,仿佛在表示事实就是这样,"你注意到没有,他们似乎根本不在意向我开枪这件事,他们还向你开枪对吧?你应该想想这一切。"

"约翰会找到你的,"德鲁说,"他也不会那么友善了。威尔,你是我们中的一员。你永远是我们中的一员,那些反对我们的人,以及那些原本接受了圣父却又远离的人,都会受到惩罚。"

"我不怀疑这一点,"威尔说,"但是现在我们需要先澄清一些事情,然后再他妈说你觉得即将到来的那些破事。"他用枪筒重重地推了推德鲁的胸口,德鲁倒在了地上。威尔将霰弹枪交给杰隆,告诉牧师在威尔检查的时候把枪对准德鲁。

威尔用手沿着他的一条腿向上检查,然后又往下检查另一条腿。他拍了拍德鲁的双臂、胸口、背部,以及威尔想要检查的所有地方。检查完之后,他站起来,低头看着那个男人摇了摇头。"我想他可能只是疯了。"威尔从杰隆手中接过霰弹枪。

"你觉得你会发现什么?"

"发信器,约翰会在山上用这种东西。他说他的大哥雅各用它们跟踪狼群。我有过惨痛的经历,我发现他们也用发信器跟踪人。"

"但你没找到?"

"没,看他这么说,我还以为他有呢。"

"那我们没事了?"杰隆问道。

"我想是的。但这仍然无法解决我们目前的问题。"

"去哪儿?"

"嗯。"威尔说。

"你没想到哪里吗?"

"我想到了,"威尔说,"那里有一些食物和医疗用品,但并不理想。我很久以来一直在避免去那个地方,但它可能是我们目前最好的选择。"

* * *

车子在大门前停下来的时候,玛丽·梅醒了。她望着外面的山坡。车道又向前延伸了一百米左右,在山顶上,她可以看到那座房子的低矮屋顶,黑乎乎的窗子仿佛俯视着这座房子,看着下面的整片土地。

"我记得这里。"玛丽·梅说。

威尔从后座向前倾身。"你还很小的时候,你爸爸带你和德鲁来过这里几次,留你妈妈在酒吧工作。我们曾经一起烧烤,你和德鲁从这里滚下山坡。但那是很久以前的事情了,二十年前,或者更久以前。"

她能感觉到仿佛某样东西抓住了他的心。她明白为什么他不想来这里,但现在必须这样做。对威尔来说,在这里锁着的不仅仅是几个房间。"我们在这里安全吗?"她问道。

他又看了看房子。她看到他的眼眶含着泪水。房子坐落在山顶上,俯瞰着下面的郡道和各种错落有致的农田,他们在这里可以看到更远的地方。"这是个好地方,"他说,"你们都能看到这里是怎么通向那边的悬崖的，想要来这里只能从一个方向靠近。"她看着他再次环顾四周，看着他的目光落在大门和挂锁的链子上。"这里很好，"他又说，"如果他们来了，我们能在他们敲门之前看到他们。"

杰隆环顾四周，然后回到了大门口。"你有那个挂锁的钥匙吗？"他问。

威尔摇了摇头。"我很久以前就失去了对这个地方的所有权，当时我们并不需要它。我认为你已经把我们带到了很远的地方，"威尔说，"我们不能再向你要求什么了。他们现在还不知道你和我们在一起，如果他们一直都不知道，这样会对你更好。"

"你要我离开你们？"

"我说你应该首先保证自己的安全。"

"不，"杰隆说，"我们不应该这样。在接下来的几天时间里，你将需要很多东西：食物，水，各种补给。我可以帮忙，我们可以藏在这里，一切都结束之后，我会让你们三个离开的，我们可以去寻求帮助。"

玛丽·梅看着他，问："什么样的帮助？"

"从警长那里开始就可以吧。"

"不，"玛丽·梅说，"我认为他也是一份好意。我几天前真的去找过他，希望他能帮忙。我告诉他我会去做什么，我说我要去伊甸之门找德鲁。除了他，我没有把这件事告诉别人，你们明白吗？"

"我想我知道这是怎么回事了。"威尔说。

她转过身来，看了看威尔，又看了看她的弟弟。"正如他所说，约翰在等我。他甚至说他知道我为什么要去那里，"玛丽·梅说，"我不认为是警长说的，但有人告诉约翰我要来了，我只是不知道是谁。"

她看到德鲁耸耸肩，转过身望向窗外。她想再说些什么，可以看出说什么都没有用。

引擎仍在运转,杰隆把车掉了个个儿,从车道上下来,开进了大门旁边的一小片树林里。"我要和你一起去,"他关掉引擎,取下钥匙,"一切都结束之后,我们离开这个镇,寻求联邦政府的帮助。我已经知道了一切,我知道这个地方需要帮助。"

* * *

威尔用猎刀切下了树上细长的树枝,然后将它们放在奥兹莫比尔的车顶上。他后退一步,转过身来看那辆车。他对杰隆说:"这是我能做出的最好的伪装了。"

"你得走到这儿才能知道这里有一辆车。"杰隆说。

他环顾四周,然后看着玛丽·梅,仿佛是在征询她的意见。

玛丽·梅看看车子,又看看大门。"你家里有断线钳吗?"

威尔又望向了房子。他已经看了它一百眼了,就仿佛担心它会消失一样。"我不知道那里到底有什么,我们一起看看吧。里面曾经有一些补给,但老实说我现在也不清楚了。我会找一把断线钳然后回来打开锁。接着,我们就可以把车从这里的路上开走了。"

"只要把它用枪打下来就好了。"德鲁说。

威尔一边旋转一边看着那个男人。在某种程度上,他已经忘记了他也和他们在一起,在他们从车内取走所有东西之后,他也安静地待在了一边。威尔摇了摇头。"那可真是好办法,到时候你的朋友们都会往这边看。"

"他们也是你的朋友。"德鲁说。

威尔没有理会他。他弯下腰,拿起了装着水、圈套、陷阱和剩下的点308子弹的背包。他把它带到了大门前,扔了过去。接下来,他把步枪塞进了金属门栏之间,确保它不会影响到其他人。

接着，他让他们爬过去，几个人带上了防弹衣和霰弹枪。杰隆帮玛丽·梅越过了大门。威尔和杰隆都注意到了她非常艰难地移动着手臂，每次肌肉或皮肤的运动都会让她的表情发生变化。他们都知道这是为什么，因为那些文身，那些字母仿佛是刻在了她的骨头上。

接着威尔弯腰举起德鲁，把他带到了大门口。他们三个把他弄过了大门。威尔跟在了后面，他又抬头看了看房子。他毫无疑问地知道，无论发生了什么，这就是多年以前一切开始的地方。

他想要藏起回到这里的意义，但他知道，在某种意义上，必须让他们知道。他拾起步枪和包，转身看着那几个人，告诉他们该走了。他们两人一组一起走到山上。尽管威尔希望在这里找到某种救赎，但他并不知道他们会发现什么。他已经将这个地方遗忘了很多年，但他现在想知道这对所有人来说是不是真的。

抵达山顶之后，他看到秋千仍然挂在孤树之下，就像他得到这所房子的时候一样。他停下了脚步，盯着两条绳子和下面的木质座椅。他知道他来这里是有原因的，但他现在很想知道为什么对死亡的恐惧是他回到这里的决定性因素。当其他人走过他的身边，他一直都在盯着秋千。等他能够摆脱被施加在他身上的咒语的时候，他转身看到了玛丽·梅、杰隆，甚至连德鲁都在等他，他们站在房子旁边盯着他。

"这是踏上了一条回忆之路。"威尔说。他是把这句话当作笑话讲出来的，但没有人笑。当他走过来的时候，他们都在看他。这栋单层住宅几乎没什么变化，油漆已经脱落，周围的土地杂草丛生。有几个地方，杂草从排水沟中长出来，但这里仍然曾是他的家，不过现在已经不是了。

威尔曾在这里抚养他的女儿卡莉。这架秋千是他做的。女儿小的时候，他会让她坐在里面推着她，等到她长大一些，他在一边看着她在那里玩。他看着它,仿佛它没有理由继续留在这里了,他很清楚事情确实如此。他把这处房产交给教会之后,把他自己的一部分也送了出去,他愚蠢地认为自己能摆脱那段回忆。

在门附近的一块石头底下,他找到了钥匙。在锁孔中转动钥匙后,他用肩膀将门顶开。在一片寂静中,木门擦过门框的声音很是刺耳。阴影在里面等待着,困在里面的温暖空气跑了出来,遇见了站在那里的他们。空气中弥漫着古老而封闭的房间味道,以及潮湿的污垢和霉菌的气息。

他走了进去,扫视着这个房间,然后又走了几步,踢开了地板上的一个旧啤酒罐。在听到罐子在地板上滚动的声音之前,他根本没有看到它。他看着罐子滚进了起居室地板上一块正方形的月光中。

"似乎你这里有人非法侵占。"杰隆说。他走进了房间,领着德鲁玛丽·梅走在最后。她关上门,所有人都看着这个地方。

在失去妻子和女儿之前,威尔从来不以为他酗酒的情况那么糟糕。可是现在,他环顾四周,依然能看出他当时犯了多大的错误——他的酗酒情况比他想象的还要糟糕得多。到处都是空瓶子,有些在他妻子和孩子去世之前就在这里,但还有更多是那之后留下的。他会喝光瓶子里的酒,然后扔掉瓶子,起居室的一个角落里,他扔掉的瓶子那里堆满了碎玻璃。碎玻璃上方的墙上喷着"凶手"两个大字,虽然威尔知道,人们都认为这肯定是别人写的,可那确实是他自己写上去的,而且他当时就是那么觉得的。

他现在希望死掉的是他,而不是她们。他现在希望自己正淹没在酒缸里,就像她们离开之后那些日夜一样。尽管这样想让他非常受伤,他依然希望她们没有那样爱他。

然后他想,如果那天晚上她们不去走那条路就好了。但即便如此,他也知道这是不可能的。如果他对自己真的非常诚实，就会知道他才是那个应该改变的人。

"厨房里应该有煤油灯。"威尔说。他看着另外那三个人，可以看到他们正仔细观察着这个地方，就仿佛他们不受欢迎地走进了威尔的记忆之牢似的。"火柴应该在右上方的架子上。如果燃料没有了，我记得水槽下面还有。至少应该还有一些。"

几个人走出了房间，他听到他们四处翻找的声音，然后找到了灯。第一盏亮起来，第二盏也亮起来，他看到那边亮起了温暖的光芒，听到了他们在谈话。罐装食物放在一处架子的底部，此外，他还发现了一打苏打水。

威尔走进厨房，看到他们摆弄着战利品，他看到食物已经让他们心情变好了。他试了试水龙头，但并没有水。然后他试了试炉子，也没有点火的声音或是火花。他走到了一边，站在那里思索着自己可以做些什么。

五分钟后，他带着他刚从战争中归来时用过的旧双头露营炉回来了，还找到了炉子用的燃料，调整好燃料压力之后，他试了一下旋钮，听到了嘶嘶声。他拿起一根火柴，点燃了炉子，人们都有些好奇地站在那里，望着火焰跳动着，然后平静了下来。

等威尔找到医疗包，他们已经开始在一只古老的平底锅中煮青豆和玉米，而在另一个平底锅上，他们煮了一锅汤，放了午餐肉粒和番茄酱，里面的水是从苏打水罐里面取的。

"这里闻起来好像天堂。"玛丽·梅说。她拿着医疗包。"谢谢。我知道来这里肯定让你觉得很难受。"

"十二年的时间很长，"威尔说，"我应该没事了。"

"但你没有，"她说，"我们可以看出你不是没事了。"

威尔看着她，努力不去看她的眼睛。在三个星期的时间里，她失去了她的母亲、父亲，甚至也失去了亲弟弟，她才是更强大的那个人。他知道这一切。他可以很容易地看出她的痛苦，就像她也可以看到自己的痛苦一样。

"我的弟弟……"她转身面对靠在厨房一面墙边的德鲁，他的双手仍绑在身后，双腿伸在厨房的地板上。"我想解开他身上的绳子，他的手指尖都变成蓝色了。我知道他受伤了。"她又转身看着威尔，威尔也看着她，思索着她的要求。

威尔走到德鲁身边，坐在了地上，看着他，说："你姐姐说你的双手绑得太紧了，是这样吗？"

"你可以自己看看。"德鲁说。他微微转过身，眼睛盯着手臂消失在背后的地方，好像他们要进行某种交流。"我的手腕已经没有任何感觉了。"

玛丽·梅说的是真的。威尔看着他的手指，似乎有些发灰。威尔弯腰把他的手拉出来一些，以便更好地看到它们。接着他转过头，视线首先扫过玛丽·梅，然后是杰隆。

杰隆正站在炉子边，搅拌着番茄汤。威尔把目光转向他的时候，他慢慢地刻意地摇了摇头，沉默着反对给予那个男人任何能够伤害他们的自由。

威尔站了起来，回到房子里。等他回到厨房的时候，手里拿着一根登山绳、一些拉链和一件女式衬衫。他将这些东西放到了桌子上炉子的另一边。杰隆还在看着他，什么也没说。

威尔把一把椅子从桌子上拖了下来，放在房间中央。他看向玛丽·梅。"我知道你爱他，我知道你想帮助他。我也想帮助他，所以他才被带到了这里，而没有死在伊甸之门。但我要告诉你，不能信任他。

他可能是你的家人，可能是你仅有的一切，但是现在，在这种情况下，我们真的不能那样对待他。"

她看着她的弟弟然后回头看着威尔，说，"那要怎样呢？"

威尔走到水槽边放着第二盏煤油灯的地方。他拿起那盏灯，朝她走了过去。他从那打苏打水里取出了一罐，递给了玛丽·梅。"我要解开你弟弟身上的绳子。但我想让你拿着那件衬衫和各种补给，然后回到浴室，清理约翰给你文的文身。我要把德鲁放在这把椅子上，绑住他的脚，他的胸口，然后把双手放开。"

"你不想让我帮忙吗？"她问道。

"不，"威尔说，"我不想让你帮忙，因为等我把德鲁放开之后，我不希望你阻止我，或是阻止杰隆。我们想保证他的安全，但我们都不相信他。你明白吗？"

"我和你站在一边，"她说，"我可以帮忙。"她看着他身边的德鲁，威尔转身看着德鲁，他正带着愉悦的目光看着这一切。

"我知道，"威尔说，"但情况变化很快。所以约翰才会在开始文身的时候让德鲁离开，而这就是我现在想让你离开的原因，就是因为家人会让人做出奇异的举动。"

她看着他们三个，然后同意了。他们看着她沿着走廊走向了浴室。他离开之后，只剩下灯光照在走廊的墙上。在远处，威尔听到了浴室关门的声音，之后连光线都消失了。

威尔把德鲁带到他脚下，带他来到椅子上，让他再次坐下。杰隆已经拿起了霰弹枪，枪口向右偏了一些，如果德鲁决定反抗，这样他就不会打中威尔了。威尔剪下了一条长绳子，把它绑上了椅子背，固定在了木头间。然后他把绳子绑在了德鲁的手臂肘处，将绳子绕过胸前，然后拉紧。他同样绑住了他的脚踝，在将脚踝固定到椅子腿上之前，先将不同长度的绳子绕在椅子腿上。之后，威尔才把德鲁手腕上的电线割断。绑在他胸前和胳膊上的绳子非常宽松，他甚至可以有些困难地把胳膊转过来放在大腿上。

威尔拽了拽那些绳子，然后退后一步。他看了看杰隆，示意他放下霰弹枪。

德鲁坐在那里，开合着双手，一遍又一遍地重复着。他直视着威尔，笑了。"你看，你可以信任我的。"他说。

威尔转过身去，他发现了几张厚毯子和一些钉子，便把毯子钉在了前窗上，以阻挡灯泡和炉子发出的光线。差不多弄完之后，他望着窗外的那棵树，微风吹拂着山顶，秋千在微微晃动。

他让那份幻觉涌进他的心头，记忆浮现在了他的脑海里，它们让他的喉咙和胃扭在了一起。接着，他低声说道："不管你们现在在哪里，我都希望你们两个人的生活比以往更好。"这句话在空中停留了一段时间，然后他伸手开始敲打最后一根钉子。

* * *

玛丽·梅在医疗包里找到了纱布、酒精、剪刀、绷带、ACE牌包扎带以及附带的金属夹。她把这些东西都摆在了面前的台子上。灯光在安静的浴室中闪烁，这里的每一样物品，甚至医疗包本身，都消失在了浴室墙壁上的阴影中。

她听了一会儿，但没有听到任何挣扎的声音。她觉得一切都没事，即便现在她的弟弟坐在椅子上，双手是自由的。玛丽·梅并没有因为威尔的话而责怪他。她知道威尔说得对，当事情牵扯到家人的时候，人们总会做出某些非理性的事情。

"就比如把皮卡撞了，在山里跑了一两天。"镜子里的那个女人透过灯光照亮的朦胧对她自己说。

"约翰确实想要给你一个逃脱的方法,"她对自己说,"他想告诉你不要上那座山,但无论如何你都去了,现在你必须用余生的时间解决这件事。"她扯开衬衫的一边,让它离开皮肤,可它被血和汗粘在了那里。她看着胸前的那个词,在那么多污垢和灰尘的掩盖下,那个词都看不见了,而且它在她的身上,就仿佛她还是去年那个让自己全身沾满了羽毛的傻瓜一样。

她拿起剪刀,把衬衫剪开,然后把它从肩膀上脱下来扔到地上。她发现威尔给了她一罐苏打水。她打开罐子,在纱布上倒了一些,开始在胸前擦拭。她沿着字母的边缘擦着,不想直接触碰到它们,污垢和血迹下面的皮肤红肿得很厉害。

擦完之后,她又拿出一块纱布,在上面倒上酒,接着开始擦。因为疼痛,她颤抖着,有时候还会因为酒精触碰到受过伤的皮肤而叫出声来。接着,她一动不动地看着镜子,在灯光下看着那个词。这个文身是黑色的,她能看出来,有些地方约翰刺了好几遍,而另一些地方,他用的力道比较轻。这使文身呈现出了一种零散且不匀称的样子,就像孩子画的画一样。

嫉妒。她闭上了眼睛,希望再次睁开眼睛的时候文身已经不在那里了。但它就在那里,跨在她的锁骨和胸罩边缘的皮肤上,给她打上了一个标记。她想到了约翰在将她的罪孽放在胸前时对她说过的话。她知道她不会忘记的,但她也知道她想到这些话的情景和约翰想要的完全不同。她不会忘记,如果约翰杀了她的爸爸,玛丽·梅肯定她会先去找约翰。

她脱下胸罩的一条肩带,然后是另一条,但没有解开背后的扣子,然后开始在肿胀发红的皮肤上缠上干净的绷带。如果她有润肤霜或软膏，她肯定会用上的，但找到的那瓶都已经放了很长时间了，开始在发生分离，不能随便使用了。接下来，她裹上了包扎带，用夹子固定好。看起来不错。虽然不怎么专业，但起到了一定的作用。

她把胸罩的肩带放回肩膀，然后拿起威尔给她的衬衫。她把叠好的衣服放在鼻子前。因为长期被锁在柜子里，满是灰尘的味道，发霉的味道，还有另一个女人淡淡的香水味。她知道是他的妻子，因为他提到过这一点。现在，玛丽·梅把这件衣服抖开了，是件灰色纽扣式衬衫。她知道他拿这件衣服是因为它不会粘在文身上，但它仍然不像她通常习惯穿的T恤。她穿上了这件衣服，然后转身看着自己，仿佛她是另一个人，好像一切都没有发生过。但她知道衬衫无法将文身从她的脑海中消除，它总是与她在一起，却无法隐藏。

她打开门，提着灯走了出来，这时她闻到了饭菜的味道，还听到了金属碰撞的声音和男人的低声交谈。她向前走，接着停了下来。起居室里，窗户上都覆盖着厚厚的毯子，最亮的那扇窗户正闪出微微的红色，就像从游泳池底部看到的光线一样，模糊而且遥远。她知道那不是游泳池底部的光线，不是那么让人愉快的东西。

她来到窗前，确信有些东西正在燃烧。空气中有一股之前没有过的微弱气味，可能是橡胶或丙烯酸。她抓住毯子，掀开看了看外面。火焰照亮了夜晚，滚滚的黑烟直冲天空，火舌向上伸出七八米高。所有这一切都发生在这座房子旁边。大门那里有什么东西着火了，火焰在升腾，一直蔓延到树顶。

* * *

那是杰隆的车。威尔用瞄准镜对着那边，看着火焰一直烧到了上方的树。许多树枝都燃烧了起来，热气在树枝间升起，它们向内卷曲着,跳起了残酷的舞蹈,就像空中蜘蛛濒临死亡的痉挛。

威尔将瞄准镜从窗口移开了。除了汽车在燃烧,他什么都看不见,窗外只不过是红色的火焰,黑色的汽车在月光照耀下烧成了灰色。他没看到任何人,但这并不意味着那里没有人,肯定有人在那里。如果钉在墙上的文身人皮是某种象征,那很可能约翰在那里,还有很多其他人。

威尔转过身,其他人都在等他。玛丽·梅就在他旁边,杰隆在房子的中间,甚至德鲁都从厨房里回来了,他仍然被绑在椅子上。"去他妈的吧。"威尔对所有人说。

威尔看到他们也盯着他,从他们那里看到了自己困惑的表情。他们以为他们很安全,就像他们之前认为自己是自由的,但一直都不是这样,也不会这样。德鲁一直都是对的。伊甸之门将会来找他们,他们无处可藏。

"来吧,"威尔说,"我们得走,没有时间了。"他来到放包的地方。他拿出步枪子弹,倒进口袋里,然后站起来,拿起了包。他又回到了窗前,透过瞄准镜看着外面的夜晚,他必须平静自己如货运列车般不断颤抖的神经。

夜色中,他透过瞄准镜,看到二三十人。所有人都全副武装,向山上移动,他们呈扇形散开,开始包围这里。领导他们的人是约翰,他和其他所有人黑色的身影都被冉冉升起的火焰点亮了,他们就像撒旦的地狱军团那样,向这个世界进发,越来越近。

威尔再次转身,看到了玛丽·梅,她正望着另一扇窗户,看着伊甸之门的人靠近。她把点38放在腰带前面,拿开了毯子。威尔穿过房间,和她一起在厨房里找到杰隆,他一只手拿着一把旧菜刀,站在德鲁旁边。

"我该怎么办?"杰隆问道,"我应该把他放了吗?我们得逃跑,现在可能已经掉进了陷阱。"

威尔看向杰隆,看着那把刀,然后转过身,看到窗户上到处都是火光,仿佛整栋房子都起了火,而不仅仅是车道旁的树。"我们可以让他离开,"威尔说,"我们应该这样做。有一种方法可以离开这里,但我们没法带走他,我无法相信他能够以我们需要的速度前进。"他现在转过身来。他面对面地看着他们,可以看到每个人的恐惧,他想知道他是否是唯一一个仍然认为他们可以活着逃走的人。

"我不会丢下他的。"玛丽·梅说。

威尔突然一转身,他要说的东西都已经说完了。面对家人的时候,会让人去做一些奇怪的事情,尽管在那一瞬间,他认为她不会再错了,但是他也理解她。如果威尔可以救下他的妻子或女儿,并保留他仅剩的一点点东西,他甘愿去地狱中战斗。

"好吧。"威尔说。他没有争辩,他只是尽可能快地穿过房间,拿起防弹衣和霰弹枪,将它们递给杰隆,告诉牧师他们得快一点儿。

杰隆惊讶地看着威尔,但不久他就把刀放下来,一只手抓住防弹衣,另一只手接过霰弹枪。接着他回头看着玛丽·梅。"你要拿着这个。"他拿着防弹衣说。

"不。"她说,"你应该穿上它。如果他们想要杀了我,他们一定会这样做。防弹背心可以阻止这一切发生。"

在这个世界上没有半秒钟的时间留给他们了,每一刻都让他们更接近即将到来的事情。威尔还是等了半秒钟,他看着玛丽·梅,说:"用桌子上的拉链绑住他的手,然后把他从椅子上松开。把他带到约翰面前,不要让他们进来。你需要待在更多人能看到你的地方。约翰本可以在伊甸之门杀了你,但他没有,希望现在这么做有意义。"

这是仅有的用来道别的时间了,威尔跟着杰隆来到了后门。两个人走进了夜色,来到了粗糙的碎石上,他们看着周围,有点奇怪。只有他们在那里,并没有伊甸之门的成员站在那里等着他们。

草长得到处都是,但却因为阴影而变得斑驳,一边的房子投下了影子,另一边六七米外是悬崖,大部分土地上都是阴影。这座房子本身有些朝着下面的道路倾斜。威尔知道这里的每一寸土地,虽然他已经离开了很多年,但他仍然知道要走哪条路。

威尔迅速越过那片贫瘠的土地,飞快地来到悬崖面前。接着杰隆也到了,他一手拿着防弹夹克,另一手拿着霰弹枪。他来到威尔身旁后,回头看了看远处的房子和红色的天空,那不是白昼或黎明,而是自己的汽车在黑暗中燃烧。"我们不应该把她留在那里。"杰隆说。

他的双手一直在岩石上摸索着,他正在寻找,想要找到多年前他走过的路。"我不会丢下她的。"威尔找到了石头上的第一个抓手,"我要爬到悬崖的顶端。如果她把德鲁带到外面,我应该就能对所有试图伤害她的人开枪。"

杰隆抬头望着悬崖。

"我的女儿在八岁的时候发现了这条路,"威尔说,"开始的三米有抓手和踏足点,我们可以利用这个爬到悬崖顶端。"

"你不会让玛丽·梅出事的,对吗?"杰隆问道。

"如果情况发展到了那种地步,我会用尽我所有的子弹。"他转身看着杰隆。杰隆也参加过战争,但他现在看起来更像是一名平民,而不是记忆中的士兵。"给我霰弹枪然后穿上那件背心。"

杰隆把霰弹枪递了过去,威尔把它绑在背包旁,然后利用他知道位置的抓手和踏足点开始往上爬。杰隆把防弹背心在胸前绑好,很快就跟在了他后面。

＊　＊　＊

　　"你没必要这样做。"德鲁说。

　　他坐在椅子上,玛丽·梅一次一只手地将他的双手放在膝盖上,而他的胳膊和胸口仍固定在绳子下。她将德鲁的双手用拉链绑在一起,然后用刀上下锯着绳子,把它切断。他现在站起来。她掏出腰间的点38,指着他,说:"我正在努力挽救你的性命。你不明白吗?"

　　德鲁在冲她微笑。"而我也在努力挽救你的性命。"他说。

　　她不知道该说些什么。她想起了山中的那个年轻牧民,她想起了他对她说的话:"我希望你对他来说也像他对你那么重要。"她不知道现在是不是还是这样。但她仍然那么希望。

　　她冲着客厅和门那边一挥手,他走了过去。经过他们用来做饭的小桌子时,她把刀放下了。她跟着德鲁,用父亲的点38指着他的背。德鲁把手放在门把手上,然后转过身,等着她。"我们离开这个地方,没有回头路了。"他说。

　　"很久以前就没有回头路了,"她说,"爸爸在接你下山的路上死了,那时候就没有回头路了。"她把毯子从窗框上拉开,向外看了看。约翰在那里等着,他们已经差不多全上了山,站在十五米外,大概有二十个人,也可能更多。所有人都在等她,好像他们早就知道她会出现。

　　她走在德鲁后面,把枪顶在他的背上,告诉他把门把手慢慢转开。他们就这样从房子里走了出来,德鲁走在前面,玛丽·梅在后面,她把枪对准德鲁,然后跟着他走。

　　她立即感觉到了一种不安,汗水开始粘在她的皮肤上,现在她感觉到一种彻底的恐惧。那些人有男有女,他们都带着武器向这边移动,围住了她。

玛丽·梅一直在四处张望,其中一半的人她认识,或是她觉得自己认识。其中有一位是她的小学老师。她还认出几位之前常去酒吧的农场工人,不过他们已经多年没有去过了。有一位农场主,她的父亲曾经为他照顾过牛。她知道其中很多人的名字,也见过其中很多人。这些人可能像其他人一样,遇到她的时候可能会打招呼。她简直不敢相信眼前的一切。德鲁是对的,伊甸之门无处不在,它就像一种病毒,会攻击任何与它接触的东西,就像所有新发现的病毒一样,它会在被治愈之前慢慢掌控一切。她看着前方,约翰站的那个地方,他正站在那里等着她和德鲁。

"你打算怎么办?"约翰对她喊道。他什么都没有做,只是站在那里看着他们两个朝着他走来。玛丽·梅推着德鲁,她体内的神经紧紧绷着,仅仅是呼吸就有可能把它们绷断。

"我们要离开这里,"她仍然在前进,但感觉每走一步,周围的脸都在靠近。她停下了脚步,人群中没有了空隙。她想,她肯定要想办法做出一个缺口,她挥动点38,他们就会分开,这样她和德鲁就能过去了。她停了下来,感觉到了周围的每一个人。她转了个圈,手里拿着枪,放低枪口,目光扫过每一个人。"你们认识我,"她说,"有些人认识我的父母,我的家人。你们要知道,这样做是不对的。"

没有人对她说话,她又转了一圈,稍稍抬高了枪口。她周围的那些面孔表情没有变化,像石头一样冰冷无情。

"你得小心点儿,"约翰说,"我们不是你想象中的那种杀手。我们是农民,我们是店主、伐木工、锯木厂工人、货车司机、母亲、父亲、兄弟姐妹。我们和你一样。我们所有人都一样。我们不是你想象中的那种杀手,所以不要挥舞那把枪。你可能会让某个不想出手的人跳出来。要是那样该怎么办呢?"

她现在抱着她弟弟的肩膀,把枪抬起一半。"你是怎么找到我们的?"她问道。

"找到你,这种说法好像表明我们一开始就跟丢了你。"约翰说。他看了看周围的人群。她回房子的路线被切断了,她可以看到他们每个人都带着武器,从棒球棒到大砍刀到霰弹枪和突击步枪,他们的武装不像农民、伐木工或玛丽·梅所见过的其他人。"我们的人总是在观察,"约翰继续道,"他们来自你可以想到的各行各业。我们的信仰是团结我们的信念,我们对彼此绝对忠诚。如果有人攻击我们,我们就会反击。"

玛丽·梅又转了一圈,她无法信任他们,而且感觉仿佛有蜘蛛爬到了她的身上。"我没有攻击过你。"她说,"相反,是我受到了攻击。"

"你已经了解了通往伊甸之门的道路。我们已经告诉你,所有到伊甸之门的人都会被热情招待。你认为你与众不同,但事实并非如此。"约翰环顾四周,他看着每张脸,好像在人群中寻找某个人。"威尔在哪儿?"他问道,"我猜他在附近哪里等着,可能在我说话的时候把那把步枪瞄准镜的十字准线放在我身上。"约翰看着那栋房子,然后转过身来,看着房子旁的一棵松树,他一直在寻找。

"你认为我们是为你而来的,对吗?但是你已经被做上了标记,玛丽·梅。你已经在胸前得到了墨水的祝福。剩下的就是让你接受它了。"约翰把目光转向她,说,"我们不是为你而来的,玛丽·梅。我们来找威尔。他打破了信仰的纽带,他背弃了我们,背弃了他的兄弟,他的姐妹和圣父。玛丽·梅,我们不是来找你的,我们是在这里等他。"那些人三个人一个小组,约翰向两组人员示意他们开始移动,玛丽·梅看到一组人走进了房子,另一组人绕着这片区域走了一圈,一直走到下面的草地和斜坡那里。

"忠诚对我们来说很重要，"约翰说，"我想我已经说清楚了。我们按照特定的规则过我们自己的生活，我们会倾听，会认真地学习和信仰我们的圣父，任何违背信仰和圣父教导的人都会知道，我们不会忘记也不会原谅这种事情。"

* * *

威尔拉动步枪的枪栓，将一颗新的子弹推上膛。他趴在岩石顶部，视线越过房子的屋顶看着下面的人群。他曾很好奇那个挂满了文身的人皮墙，但现在他看到了，也明白了。很多他认识的人，还有更多他不认识。他们来自各地，来自这个镇或更远的地方。伊甸之门无处不在，就像在身体中安静等待的疾病，在得到命令袭击整个身体之前，在从静脉吸血液和从肺部抽氧气之前，它会一直蛰伏在那里。

威尔刚刚爬上悬崖，还没有喘过气来，就已经背着背包来到了岩壁那里。杰隆跟在他后面，两个男人都尽可能快地悄悄移动着。两人都知道，走错任何一步都会让下面的石头掉下去，任何松脱的石块都会引起下面的人的注意，那时候他们会希望自己一开始就掉下去了。

现在，威尔在低头看着下方的那些人的时候，趴在岩石顶上试图平复呼吸。他可以看到玛丽·梅站在那里，他可以看到她身前的德鲁，他可以看到大约三米外的约翰。这个距离很容易就能打中他。虽然威尔不知道他们在说什么，他还是把手指放在了扳机上，保险已经被拉开了，他随时准备好迎接任何危险，射出子弹。虽然这可能导致一场混乱，但他现在觉得，那是能让玛丽·梅逃脱的唯一方式。但他犹豫了，他不能只是扣动扳机。他以前做过这种事情，但他是出于恐惧而进行的自卫。但现在这么做就是杀人，他不想成为那样的人。他不那么冷血了,他不想变成那样。他用瞄准镜扫过那圈人,看着他们的一举一动,他仿佛也看到了自己的脸和自己以前的欲望。

他们一组三人进入了房子,然后另外三人远离了那群人。威尔用瞄准镜跟着第二组人,他们垂直于房子走进了那片黑暗中。火仍然在房子旁边燃烧,奇异的影子映在了那里,随着火焰的高度和宽度移动变化着。

威尔看着这群人移动着,等他们消失在了远处的树林里,他迅速将瞄准镜移回了约翰和玛丽·梅那边。威尔回头对后面的杰隆说:"那三个走进树林里的人很可能会在接下来的几分钟内出现在我们身边,所以准备好霰弹枪。如果他们找到我们,我们可能就得跑。我宁可在悬崖顶上来一场枪战。"

* * *

玛丽·梅仍然拿着枪。她把一只手放在弟弟的肩膀上,同时看着约翰。她感觉自己暴露在了这里。"你说你不是杀手,"玛丽·梅说,"但是我的父亲上山了,再也没有下来。他只是想要接德鲁回来,却死在了那里。现在我也想做同样的事情。这就是爸爸想要做的事情,这就是我的想法。"

"你要怎么做?"约翰问道,"你把你的弟弟放在你的身前,就好像他是你的人质。你绑着他的手,就好像他是一名囚犯。你为什么要这样对你的家人?问问你自己吧。问问你自己,为什么你们这些人,包括威尔和杰隆,为什么不允许这些人获得自由。"

她现在环顾着这一群人,他们正在等她,但似乎没有人抬起枪或手中的武器。她又转过身来,把目光转向约翰。"他是你们中的一员,圣父或其他人迷惑了他。他不再是之前的那个人了。他不是我所认识的那个弟弟了。"

"不,"约翰说,"他变得更好了。他敞开了他的思想,睁开了他的眼睛。他已经变了,这一点你是对的。"

"你这么说就好像他背弃了家人一样。"

约翰笑了。他环顾着四周,回望着他们所有人,回望着这些见证了这次会面的人们。"你仍然没有明白,是吗?这件事一直都和伊甸之门无关,这绝不是教会的问题。圣父所做的一切只有倾听,他会提供扶持,而你父亲从未做过那样的事。你自己的父亲,甚至你自己的社区,很久以前就抛弃了德鲁。圣父来到这个地方,看到了这些情况。我们没有干涉你父亲和他的孩子之间的关系。那不是教会问题,是家庭问题。"

"但你杀了他。"

"我们欢迎加里。我们也认识他的妻子,你的母亲。我们对他充满了同情。但是我们……"约翰顿了一下,举起手臂仿佛要抱住所有人,"我们没有杀死他。圣父没有杀死他,我也没有。你父亲想要德鲁做什么,我们无权置喙。只有德鲁可以回应你的父亲,他的回答是否定的。"

她觉得她的手在她弟弟的肩膀上松了一下。在某种程度上,她已经知道了。整件事情并不为人所知,就像是在明亮的阳光下看到的意外,但它的样子是那么可怕,以至于在记忆中,那个时刻像黑夜一样黑暗。她看不见,不想要,仿佛被其他人推开。

现在德鲁转过身来,他的眼睛似乎从来没有这样冰冷过,像有两块玻璃塞在他的头骨中,坚硬而无情。

"爸爸让你变得傲慢,"德鲁说,"他给了你一切,就仿佛那是你将要继承的东西,不会与我分享。我们还是孩子的时候,我们十几岁的时候，我们一起成年的时候，他甚至没有考虑给我什么，而是把东西都给了你。爸爸和妈妈给了你酒吧。虽然那里留了一个地方给我，但从来不是我的。"

她摇了摇头。她无法相信她所听到的话，或者他们对生活的回忆在时间和地点上都会如此不同。"不，"她说，"只是我年龄比较大。"

"年龄更大，更聪明，更有趣，更强壮。我所做的一切都不合格。我在高中时所做的一切，我之后所做的一切，我做得永远不够。"

"不，"她说，"这不是真的。"

"是真的，"德鲁说，"他们从来没有听过我的话。他们从未想要理解我。他们一直不想要我。你知道那是什么样的感觉吗，住在一个不想要你的家里？"他笑了起来，笑声逐渐变成了沉默。"你当然不会懂。"

"他们爱你。"她说。这是她唯一能想到的话。这是事实，他需要听到。她几乎不敢看他。她看到的是仇恨，他仿佛长得更高了，就好像谈论他们父亲的死赋予了他新的生命，同时也拿走了她的一些东西，这让她紧紧地缩进了自己的身体里。"爸爸爱你。"玛丽·梅又说了一遍，她非常希望他能够听进去。

"不，约翰是对的。爸爸从不听我说话，他从不理解我。但圣父能够做到，伊甸之门能够做到。他们在我的身上标上了印记，给我施洗礼，也给了我新的生命。然后，我得以重生，成为我一直以来应该成为的样子，进入了我应该拥有的家庭。"他转过身来看着包围他们的伊甸之门的成员，然后把目光回到了她的身上。"我重获新生了，爸爸来找我的时候，我不想要那种旧生活，把这一点告诉了他。但似乎事情没有任何改变，我们之间一直是那样的，他不听我的话。他坚持认为他的方法才是正确的，而我的是错误的。他把手放在我身上，但我已经不是他以为的那个小男孩了。我长大了,我的心智也得到了成长。他曾拥有的力量已经消失了。"

"但那是一场车祸。"她无力地说。不知道该说什么,不想听到他想告诉她的话。

德鲁看着她,好像她是个傻瓜。"你知道那不是真的,"德鲁说,"你自己说过了,你只是看不到。你无法想象我们之间的关系。"德鲁举起双手,手腕用拉链绑在一起。他张开手掌,伸出紧绷的手指。"想象一下他来找我,想要把我从自己创造的生活中撕毁。想象一下他的手,想要把我拖走。然后想象一下,我终于比以往任何时候都要更强大、更快的事实。想象一下,你就会明白那不是一场意外。他强迫我,他对我做了太多错事了,他必须为此付出代价。"接着,他靠了过来,离得很近,"杀死他没有什么,就像把刀子插入已经死亡的东西一样。"

她从腰间把枪拿出来,开了火,子弹从她弟弟的下巴下面打了进去,并从他的发际线后面飞了出来。她看着他的身体垮了下去,然后一下子倒在了她的身边。她感觉她已经不在这里。这个夜晚,和这些人根本不存在。他的每一句话都沉沉地压在她心上。一切都离她而去了。她看着他消失的那个时候,一切都不复存在了。

玛丽·梅不断地抽泣,她已经放下了枪,发现自己躺在地上,试图将弟弟的尸体拖到自己身边。她能感觉到弟弟的体重压在她身上,她很清楚自己做了这样的事情,以及是什么原因让她做了这样的事情。她试图告诉自己,那时因为他的所作所为。但她知道他并没有承认那一切。她只知道是她扣动了扳机,是她,而不是其他人。

人们都盯着她,她环顾四周,抬起眼睛看着他们,他们似乎从她身边退了回去,以某种方式退了回去。很快,玛丽·梅听到了他们慢慢移动发出的沙沙声。她抱着她的弟弟,想撑住他的头,把他抱起来。

但她现在可以为他做点什么呢?她杀死了他,不是吗?但不是那种感觉。她感觉自己已经不是自己了,现在正在慢慢改变。她感受到的愤怒,表现出的纯粹的冲动,就像风暴中的闪电,是她感受到的一切。

"你父亲让你变得傲慢。"约翰说。约翰依然站在他之前站的那个地方,但和他一起的人现在正在后退,一个一个地离开他,沿着斜坡后退。"我将嫉妒的罪孽给了你,但我现在看到的既不是你父亲给你的傲慢,也不是我在你身上看到的嫉妒。现在,我认为我应该给你打上愤怒的标记。有一天,你会接受这一点的,我会等你。"

玛丽·梅看着他。在她的视线中,他变得模糊了起来,眼泪从她脸上流下来。"你不是来找威尔的,"她说,"你是来告诉我关于德鲁的事,你是来看我会做什么的。扣动扳机的不是我,是你。"她正在拼命忍住眼泪。在这之后,她眼前的一切似乎都消失了。

"德鲁在杀死你父亲的时候,与我们产生了矛盾。我们不能忘记或原谅他的罪孽。他告诉我们,他的嫉妒已经消失了,我们愚蠢地相信他已经遵循了圣父为他设定的真正道路。"

她眨了眨眼睛,努力理解着正在发生的事情。不知怎的,她弟弟已经死了。不知怎的,他正被抱在她的怀里,约翰现在站在他们身边,告诉她,是她弟弟自己做了那件事,他应该得到他所得到的一切。"这一切都是你做的,"她又说,"是你,不是其他人。是你和圣父杀了他。"

约翰站在那里。他看着她,仿佛是他自己创造的事物活了过来。"你父亲让你变得傲慢。他让你认为你不会为其他事情所动,你所做的一切都是正确的,但实际上不是。我们就是见证人。"约翰挥动着他的胳膊,让那些随他而来,但现在已经退到了山下的伊甸之门的成员们看着她,"我们来见证你对你弟弟做了什么,你的家人对他做了什么。

这不是我们做的,是你,我们会一直把这个罪孽归咎于你。我们会以这种方式控制你。玛丽·梅,明白这一点很重要。你一直都在做错的事情,现在你又产生了我之前没有在你身上看到的新的罪孽。你已经变得愤怒,我会永远记住你,并随时准备帮助你,因为我也错了。玛丽·梅,我错了。你是愤怒的,总有一天,我会带走你身上的罪孽。"

* * *

威尔简直不敢相信。瞄准镜中的世界仿佛哑剧在无声中行动。距离太远了,所有角色都没有声音,只能看到与现实世界相似的动作,但这些动作在某种程度上并不属于现实世界。只有子弹的声音使这一幕变得真实。

声音穿过了这段距离,好像穿过将两个世界分开的玻璃。他看到德鲁跌倒,看到玛丽·梅移动到他身边,现在他看着瞄准镜,看到约翰站在那里,再次对她说起了话,但他什么都听不到。

他的目光从步枪瞄准镜那里移开了。他眨眨眼,擦掉汗水。透过自己的眼睛,他看到玛丽·梅在下面,约翰站在她身旁。伊甸之门的所有成员现在都回到了山上,仿佛德鲁的死成为关键,好像这就是他们想要得到的,所有人在见证了这一行为之后缓缓走到约翰身旁。

"是她吗?"杰隆问道。他站在威尔身边,拿着霰弹枪,穿着防弹背心,看着大地上的上帝的哨兵。

"我想是的,"威尔说,"我觉得玛丽·梅杀了德鲁,我觉得我知道为什么。"

"这是什么意思?"杰隆问道,"这对玛丽·梅或伊甸之门来说意味着什么?"

威尔用手指擦了擦眼睛下面。他感觉到了潮湿的汗水,他的思绪已经去过了上百个不同的地方,再次将目光移回瞄准镜的时候,他看着约翰。约翰最后说了一句话,然后离开了,他手下的人都走过他的旁边。约翰的后脑与所有人一样。好像他们是他,他就是他们。"这意味着他们有一个秘密,他们可以控制住她,虽然她会试着反击,但你或我,甚至玛丽·梅都无能为力。我们越早意识到越好。"

"我不接受,"杰隆说,"没人无法得到帮助。不管是你,是我,还是玛丽·梅。"

威尔什么都没说。一团糟,一切都他妈的变得一团糟,他无法看到自己的出路在哪里。但他知道他们会去尝试寻找的。

第五章

在死亡来临之前,没有人相信它即将到来。大多数人甚至仍然拒绝相信这一点。

——蒙大拿州希望郡,伊甸之门圣父

威尔再次产生了那种感觉，类似他从战场上归来的那种感觉，虽然他好像什么都没有做，但他认为现在的成就可能不是为了赢得战争，而是为了生存，是从一个很少有人能够从那个地方回来的地方活着回来。这就是他的成就，现在也正是这种感觉驱使着他绕过面前的六月草和树，来到了他这十二年间当作家的地方，那个伊甸之门提供给他的山上的小屋。

霍莉和伊甸之门的三个人在他这里等待着他。据威尔所知，他们已经等了好几天了。他在阴影中看着他们把家具拿出来，并在夜色中烧毁，木头、他睡过的床垫、衣服，还有椅子和桌子。霍莉经常来到他曾经寻找那头熊的小山边缘。她并不像威尔一样在找熊，而是在找威尔，仿佛他就是那头对他们构成威胁的熊，是大片原野中潜藏着的危险，迷失在某个地方，寻找着下一个猎物。

但威尔并非他们想的那样，他是一名幸存者，他已经回来了。但他现在发现，这不是他的家，至少不是像过去那样的家了。希望郡上的一切都和过去不一样了。

威尔小心地利用着他的时间，一直在看着他们，从夜晚一直到早上。男人们去小便的时候，他在树林里等待着，甚至听到他们尿到地上的声音，听到那些人松了一口气的声音。他看着他们去取水，然后回来，他们用的是威尔自己用了很多年的桶。他看着他们吃了他的食物，夺走了他留下的储备，就仿佛这是他们的家一样。

一天之后，他离开这里，他对这个地方进行了仔细的侦察，发现没有任何改变，但这里不再是他的家了，几天之前就不是了。他沿着那条小溪走了四五百米，停在那里用望远镜望着远方。他不知道自己在找什么，但他知道无论去哪里都没关系。如果需要的话，他可以在这片土地上生活，重复之前的生活方式。他可以利用几代人留给他的古老知识，可以制作圈套和陷阱。他有子弹和步枪，有衣服，即便是现在没有的东西，他也可以制作或寻找。

他的计划是要站稳脚跟，回到树林里，进入山脉山谷和岩石堡垒，在树木和树丛中据守。他现在想到了所有尝试过的事情。他为他的所作所为付出了代价。也许伊甸之门和圣父的看法一直是对的，关于他，关于他的罪孽。他心中住着恶魔，这不会让他忘记他对敌人和对他所爱的人所造成的罪孽。威尔曾认为，在某种程度上，帮助玛丽·梅会给他安慰。他现在想知道事实是否是这样的，可他不敢确定。

他想到了所有还没做的事情。对那些在脑中漫游的思绪，他没有任何答案。他从上游穿过，沿着小溪来回绕着向北移动。前进的过程中，周围露出地面的岩石越来越大，他感觉看不见的东西正在他身上移动，他在阴影和灌木间移动，穿过这些阻碍，沿着旁边经常切断河谷光线的高高的岩石前进。

他经常被这种感觉困扰，不时停下脚步，甚至在横跨河流的一排石头中间停下来，他会把目光转回他走过的路，会用耳朵试图从湍急的流水和头顶的微风中找出其中的不和谐。他思索着伊甸之门的事情，想着那些在他的小屋里等他的人，想着跟着他的鬼魂以及他们想要的东西。

在某种意义上，威尔已经拯救了玛丽·梅，但这并不是他们所希望的方式，甚至不是他们能预料到的救赎。他和杰隆一起爬下了悬崖，看到她在那里抱着她的弟弟，威尔想知道死去的弟弟是否与活着的弟弟有所不同，这两者是否是一样的，因为玛丽·梅那么拼命地想要让他变成那样。

威尔也了解这种感觉。他知道是什么跟着他穿过树林，走过小溪，他无法触碰那种东西。那是他离开的亲人，是内疚和希望，是他对过去生活的记忆,但他认为那些可能不是他的生活。他知道玛丽·梅现在的那种感觉。他知道一个人如何在他们想要得到的未来中重复过去。他不能因此而责怪她,几千年来人们一直在做同样的事情,希望尝试做出改变,这并不是什么新鲜事。否认过去,拥抱未来,这也不是什么新鲜事。

他走到山谷四五百米内的一处空地上,把行李放下。四面都是纸桦树和厚厚的灌木丛。他拿起水壶,穿过小溪,看着气泡在缓慢的水流中上升,然后把水全都喝了下去。水从嘴角溢了出来,流过他散乱的胡须。他现在意识到,自己已经处于半野生的状态了,这一切刚刚开始的时候,朗尼来找他问熊的事情的时候,他就已经开始这样了。

他从曾与妻子、女儿一起住过的房子里拿了一些补给。现在,他拿出一罐绿豆,并用同样在那里得到的开瓶器撬开了罐子。他只在房子里待了一会儿,在包里装了尽量多的东西,然后离开了。他没有对那栋房子,还有在那里生活的记忆进行最后的道别。他知道,他们从来都没有真正离开那里。他希望玛丽·梅也能学到一些东西。

太阳已经升到了天上,他背靠着背包坐在那里,用帽子盖住了眼睛。他把一根手指伸进了罐中的豆子里,然后一次一颗地把它们拿出来。他就这样吃掉了它们,眼睛一直盯着树下的阴影和被岩石分开的流水,以及周围广袤的森林。那里有某种东西,不是记忆,也不是幽灵,正从几分钟之前他经过的森林里看着他。

他没有移动,只是放下了罐子,拿起步枪,看着灌木丛中的那个人,他确定有人正在跟着他。他看到灌木丛在动,那种感觉就像被人抓住和扯动,仿佛那里的东西已经把那个人握住了。他现在站了起来,走近了,前进的时候他的脚步很谨慎。威尔已经准备好了,如果需要,他随时可以逃跑、射击,或面对那东西。

他一下子就看到了棕色的闪光。灌木再次移动,他看到了毛皮。那是一头灰熊,但他看不出它的高度或长度,只能看出它并不孤单。他想起了风暴那天在闪电中看到的雄性大灰熊,想起了几天后在河对岸看到的那头熊,可能它已经回到了它之前经常游荡的那片区域。但是威尔知道它并没有消失,什么东西都不会消失,无论他走到哪里,它总是在某个地方,就像幽灵或是永远不会褪色的记忆。

灌木又动了。他能听到呼吸声,听到巨大的肺部在工作和空气流动的声音。一根哪里的树枝突然折断了,他差点儿跳起来,轻轻地转动着仍然握在手中的步枪。他不知道那里有什么。在这一生中,威尔杀死过许多生命,有两条腿直立行走的人,还有那四条腿爬行的动物,他知道自己欠下的血债。他是一个罪人,一直在索取,虽然他也想要还回去一些东西,但总觉得这还不够。

他想起了躺在秋末镇的墓地里的家人,想到了玛丽·梅、杰隆以及所有希望郡的人。他知道现在发生的事情只是个开始,无论在黑暗中等待他的是什么,无论是灰熊还是其他什么东西,都在等着他,即便他选择不去看,它也会一直等在那里。

他迈出了一步,又一步。他把一只手伸到灌木丛上,拉开了树枝。对面是一片黑暗,一片不可知的虚空正在要求他进去看看那些跟随了他几个小时、几天,甚至是跟随他整个生命的东西。

* * *

现在,教堂旁出现了德鲁的墓地。在过去几天里,玛丽·梅会去那里,她会站在他们三个人身边去看上面都有的深浅不同的绿色。她母亲的坟墓时间最久,然后是她父亲的,最后是德鲁的,上面的土与玛丽·梅和杰隆挖出的泥土颜色一样。他们在夜间工作,挖出两米深的洞。镇上的每个人都知道他们在做什么,没有人停下来说一句话,没有人停下来,甚至没有人在看到另一个洞出现在地上的时候感到惊讶。一具尸体很快就会被放进去。

警长是唯一一个真正停下来看他们挖坑的人。他站在那里,用指尖抬起帽子,俯视那个洞。当他最终把目光投向玛丽·梅的时候,他说:"我猜这表示你找到了你的弟弟。"

"是的,确实如此。"玛丽·梅坐在杰隆旁边的阴影中。他们整个晚上一直工作,一直到早晨,太阳还没有完全悬在教堂屋顶上,一半的墓地仍笼罩在阴影里。

"他因何而死?"

"他耗尽了心力。"

"那样吗?"警长问道。

"是那样。"

"你把尸体保存在了哪里?"警长问道。

"镇上验尸官的办公室,就像他们带走妈妈和爸爸一样。"

她可以看到警长在观察她。对方转过身望着另外两处坟墓,又转过身望着她。"如果我过去,问他发生了什么事,他们会告诉我他的心力已经耗尽了吗?"

"我不知道他们为什么不那样说,"她说,"爸爸在那里的时候,验尸官似乎直接把他交给了我们。他说那是一场意外。"

"他们当时是那么说的。"

"他们改变了主意吗?"

"据我所知没有。但是我们很难看清目前的情况。"

"那是什么情况?"

"在几周内,同一家中有三人死亡。这的确让人关注。"

玛丽·梅抬头看着他。"你说得对，警长。"

"我知道我说得对。"他摇了摇头，又低头看着墓穴，"你觉得如果我去那里问验尸官会发生什么事，他会直接回答我吗？"

"验尸官还留着胡子吗？"玛丽·梅问道。

"上次去的时候他还留着胡子。"

"当然，"玛丽·梅说，"我敢打赌，他会像他爸爸去世时那样直接把事实都告诉你。"

警长转过身来，看着杰隆坐在玛丽·梅旁边的小草地上。杰隆拿掉了领子，松开了衬衫的前几粒纽扣，袖子卷到了手肘上方。"你对这一切怎么看？"警长问道。

"信仰是一种强大的东西。"杰隆说。

* * *

玛丽·梅正在酒吧工作，她擦干净一个玻璃杯，然后放回后面的吧台上，接着伸手去拿另一个。五分钟后，一辆坐着四个人的双排座来到了门前，车子后面跟着一辆拖车。她听到了刹车的声音，酒吧间的窗口亮起了刹车灯柔和的颜色。

下面的架子上有一根球棒，她伸手抓了过来，靠在吧台上。刹车灯现在熄灭了，她听到车门打开又被关上的声音。她继续擦着杯子，看着那个在玻璃上映出的瘦弱身影移动了过去。然后那个身影走到门口，把门推开。

"嘿。"她说。

"这里开始营业了吗？"年轻的牧羊人问道。她可以看到他的脸颊上受了重伤，但瘀血正在消退，而且这没有阻止他说话的时候冲她露出微笑。

"三十分钟后。"

年轻的牧民站在那里,看着周围,然后他上前一步拿过一把凳子,好像他曾经来过她的酒吧一千次。"我想你找到了你的弟弟。"他说。

"我找到他了。"

"他和你记忆中的一样吗?"

"他是我的弟弟,但他变得不一样了。"

"我不喜欢听到这样的消息。"他环顾酒吧,椅子都放在桌子上面,然后回头看着她。"我来帮你吧。"他说。

"帮我?"

"是的,我可以把椅子拿下来。你刚开始在这里工作的时候多大?"

"你多大了?"

"十五岁。"

"我当时没比你大多少。我父母之前是这个地方的主人。"她看着他走到了一边,一把接一把地把椅子拿了下来。

"所以这是一种传承?"他问。

"是的。"

"你不会离开吗?"

"不会。"她说。玛丽·梅看着他,他已经把第三把椅子从桌子上拿了下来,她让那个孩子坐在那里,给他倒了一杯水,然后放在了桌子上。"我在这里长大,就在这个酒吧里。"她微笑着说,"我在这里和一个愚蠢的牛仔初吻,当时没比你大多少。那次我差一点儿被父亲抓住。说实话,他喜欢这个地方,非常喜欢。可他没法看到这里一直不变,周围的世界正在发生变化。我现在看到了,我比他看得要清楚。"

"那他们还没把你吓跑?"男孩问道。

"没，"她说，"他们没有吓倒我。他们带走了我的妈妈，我的弟弟。爸爸尽他所能，但这还不够。"

"你是这里仅有的人了，对吗？"

"我不是仅有的人。"她说，"还有像我这样的人看到世界正在发生变化，并希望对此采取行动。"

"你要在这里行动吗？"

"没有更好的地方了。"她说。

她看着那个看着自己的男孩。对方从椅子上站了起来，她知道他会离开。"到那里的时候，我会告诉他们这个地方的事情。我会告诉他们你的情况。"

"那里是哪里？"

"某个不是这里的地方，"男孩说，"我们无所谓。我父亲驾车带着我和其他几个人离开这里。我会找到一个关心这里的人，我会告诉他们这个地方的事。"

"你认为这有用吗？"

男孩摇了摇头。"我不知道。我们在那座山上看到过所有的事情，这确实对我产生了影响。"他扭开了头，看着在等他的卡车，"这就是你在这里要做的事情，尝试，对吗？我想我们所有人都必须以某种方式尝试，对吗？"

"是的。"她说，"的确是。"

后 记

　　如果没有这些让《孤岛惊魂》系列游戏取得如此成功的粉丝，这部小说就不会存在。感谢你们能够相信这样的世界，这样的故事，以及这些被赋予人性的角色。

　　对我来说，电子游戏一直是逃离现实世界的一种方法，但随着游戏发展到了一个新的高度，这种逃避的感觉似乎在越来越少，现实世界和游戏世界开始融合。通过这种方式，游戏成为一种另外的东西，一种对我来说更加强大，更加有价值的东西，而非逃避。现在，游戏不仅需要玩家的参与和加入游戏世界的意愿，还需要明晰和理解人类的本质，从许多不同的角度看待人类，去理解他们，与他们产生共鸣。简而言之，电子游戏的世界在许多方面上变得像一个我一直在寻找自我救赎的世界，也就是小说的世界。

　　我要感谢育碧创造了这个世界上最好的电子游戏，并且在每一部新作中都将这样的世界进一步向前推进。我要感谢育碧团队的成员，卡罗琳·拉马什、安东尼·马尔坎托尼奥、维多利亚·利内尔，感谢你们阅读了我过去的作品，并给了我这个机会。这是我一直以来的梦想。感谢你们使每一份草稿都让这个梦想更接近现实。

　　育碧蒙特利尔工作室的成员都是这个行业的创新者和引领者，

我想特别感谢丹·艾、戴维·贝达尔、让·塞巴斯蒂安·库坦、内丽·空、埃马纽埃尔·弗勒朗和安德鲁·奥尔姆，感谢你们回答了我许多的问题，把我带到幕后，看到为了构建《孤岛惊魂》游戏和围绕它的整个世界，你们花费了那么多的努力，我认为你们非常了不起。

我认为自己更成熟了，也更聪明了，因为过去八年我一直以写作为生，但事实上，我还在学习。虽然这是我的第四部小说，但每一次经历都是不同的，每一条出版的道路都会遇到新的转折，走上新的方向，如果不是那些支持我的人给了我写作的空间写出这部小说，我就不会成功。

纳特，你经历过这所有的一切。即使是在一本小型文学期刊上读到的我的第一篇故事。谢谢你一直给我最大的鼓励。

感谢矿产学校艺术家小区和它的创始人简·霍奇斯，感谢你为撰写这本小说提供的课堂空间。感谢黛布拉·迪多梅尼科，你出现在了我的每一篇致谢中，感谢你向我介绍达灵顿男孩和那片土地。感谢汤姆·海伊，你的小屋在这部小说的第一次重写中发挥了作用。感谢吉姆·哈尼、里克·奈特和戴维·格朗贝克，感谢你们让达灵顿成为今天那样一片美丽的地区，感谢你们为我敞开大门，让我感觉受到了热情的招待。谢谢。

感谢玛丽·珀金斯和厄尼·西弗斯，感谢你们两个给了我一间很棒的工作室。因此，我可以日复一日地消失，在日常生活的混乱中，这个地方一直没变。谢谢。

谈到日常生活的混乱，如果不是我的妻子凯伦在我写作的时候想办法忍受我所有精神和身体上的离席，我就无法做到这些。你一直都在，对你说谢谢完全无法表达我的谢意，但我会继续努力地感谢你。感谢你们，我的父母和你的父母，感谢你帮助我们养育我们的孩子。

蒂蒂、波比、恭恭和噗噗，你们让这一切都成为可能，最重要的是，让我们一直保持清醒。谢谢。

作者简介

厄班·韦特（Urban Waite）是一个在故事中写坏事的好人（或者正与此相反）。他出版过作品《生的恐惧》《食腐鸟》《有时有狼》，这些作品都登上了各种年度最佳书籍的排行榜，包括《时尚先生》《波士顿环球报》《太阳哨兵报》《文学反应堆》和《书目》。他的短篇作品曾刊登在《西方选集》《南方评论》《阿格尼》《墨西哥湾岸》以及其他多种期刊中。他出版的长篇作品曾被选为电影剧本，并被翻译成九种语言，在全球超过二十个国家和地区发售。

© 2019 Ubisoft Entertainment. All Rights Reserved. Far Cry, Ubisoft and the Ubisoft logo are registered or unregistered trademarks of Ubisoft Entertainment in the U.S. and/or other countries. Based on Crytek's original Far Cry directed by Cevat Yerli.
Cover by Faceout Studio. Simplified Chinese copyright © 2019 by Beijing Hongyue Scientific and Technical Co., Ltd.

Special thanks:Yves Guillemot, Laurent Detoc, Alain Corre, Geoffroy Sardin, Yannis Mallat, Gérard Guillemot, Jean-Sebastien Decant, David Bedard, Manuel Fleurant, Dan Hay, Andrew Holmes, Nelly Kong,Marie-Joelle Paquin, Julia Pung, Sebastien Roy, Andrejs Verlisd, Sarah Buzby, Clémence Deleuze, Caroline Lamache, Victoria Linel, Anthony Marcantonio, François Tallec, Joshua Meyer, Virginie Gringarten, Marc Muraccini, Cécile Russeil, Raha Bouda, Stone Chin, Holly Hua, Jordan Archer, Bailey Mcandrews, Adam Climan, Heather Haefner, Barbara Radziwon, Marie-Pier Theberge-Julien, Damian Dale, Tom Curtis, Giancarlo Varanini, Lauren Jaques, Derek Thornton, Tina Cameron.

图书在版编目（CIP）数据

孤岛惊魂：赦免 ／（美）厄班·韦特著；张翰译
—北京：新星出版社，2019.5
ISBN 978-7-5133-3533-1

Ⅰ.①孤… Ⅱ.①厄… ②张… Ⅲ.①长篇小说－美国－现代 Ⅳ.① I712.45

中国版本图书馆 CIP 数据核字（2019）第 046427 号

孤岛惊魂：赦免

[美]厄班·韦特 著　张翰 译

出版统筹：贾骥 宋凯		**出版统筹**：贾骥 宋凯
责任编辑：汪 欣		**出版监制**：张泰亚
责任印制：李珊珊		**特约编辑**：赵 赟
		美术编辑：张恺珈

出版发行：新星出版社
出 版 人：马汝军
社　　址：北京市西城区车公庄大街丙3号楼　　100044
网　　址：www.newstarpress.com
电　　话：010-88310888
传　　真：010-65270449
法律顾问：北京市岳成律师事务所

读者服务：010-88310811　　service@newstarpress.com
邮购地址：北京市西城区车公庄大街丙 3 号楼　　100044

印　　刷：北京美图印务有限公司
开　　本：910mm×1230mm　　1/32
印　　张：6.5
字　　数：152千字
版　　次：2019年5月第一版　2019年5月第一次印刷
书　　号：ISBN 978-7-5133-3533-1
定　　价：42.00元

版权专有，侵权必究；如有质量问题，请与印刷厂联系调换。